Das Buch

Sernai Schule der Zukunft

Die Bemühungen zur Erhalt der Schule in Litauen gehen auf eine wahre Begebenheit zurück; alles andere und die Personen der Handlung sind frei erfunden.
Eine junge Bildungspolitikerin der Europäischen Kommission wird mit ihrer eigenen Vergangenheit konfrontiert. Sie erfährt wie ihre Vorfahren vor vielen Jahrzehnten als Gutsherren geherrscht haben, welche Werthaltungen sie verfolgten und wie die Dorfbewohner zu der Feudalherrschaft standen. Die Politikerin versucht, das Bewährte aus der Vergangenheit in die Gegenwart zu transportieren und damit die Zukunft der Dorfschule zu sichern.

Utopia 2025

Utopien schildern einen erhofften oder befürchteten Gesellschaftszustand. Vor fast 500 Jahren hat Thomas Morus in dem Buch „Utopia" sein Reformprogramm für die Gesellschaft der damaligen Zeit vorgelegt. Wurden seitdem Morus` Reformen realisiert? Wurde der Geist erneuert?
Diese Utopie handelt vom Heute - dem Zeitraum von 1998 bis 2025. Ein junger Mann aus Hamburg macht sich auf den Weg, sein Utopia zu suchen. Nach einer abenteuerlichen Reise voller Überraschungen entdeckt er tatsächlich die Insel Utopia. Nach fünfzehn Jahren kehrt er nach Hamburg zurück und berichtet seinem Schulfreund von seiner Reise und seiner Entdeckung. Beide beschließen, Utopia zu realisieren.

Ein Fremder in der Freien Stadt

In einer norddeutschen, einst wohlhabenden Großstadt taucht eines Tages ein Fremder auf. Er fordert die Bevölkerung auf, ihrer Eigenverantwortung nachzukommen, selbst zu handeln und damit wieder Wohlstand zu sichern. Seine unorthodoxe Vorgehensweise und schier abenteuerlichen Vorschläge stoßen auf Ablehnung. Da jedoch nichts erfolgreicher ist als der Erfolg, muss letztendlich auch der Bürgermeister neue Wege beschreiten.

Der Autor

wurde 1943 am linken Niederrhein geboren, ist gelernter Landwirt und bewirtschaftete einige Jahre ein Gut. Nach Wanderjahren in England, Schweden und Russland sowie einem Ingenieurstudium studierte er Agrarwissenschaften und promovierte mit einem regionalpolitischen Thema. Langjährig war er als Politikberater in Deutschland und in der Schweiz tätig und widmete sich viele Jahre in Führungsfunktionen der Entwicklung des Handwerks und der mittelständischen Wirtschaft. Hogeforster baute die Zukunftswerkstatt auf, die er bis heute betreibt, und gründete das Hanse-Parlament, in dem er sich aktuell engagiert.

Der Autor hat zahlreiche Fachpublikationen veröffentlicht, verschiedene Erzählungen, die er als „Märchenbücher für Erwachsene" bezeichnet, verfasst und moderiert eine monatliche Fernsehsendung.

SERNAI

SCHULE DER ZUKUNFT

Inhalt

Kapitel 1: Heute

Kapitel 2: Gestern

Kapitel 3: Gestern und heute

Kapitel 4: Heute und morgen

Die Personen der Handlung in der Reihenfolge ihres Auftritts:

Anna von Drewitz (Schwester von Hermann von Drewitz, geboren 1915, gestorben 1989)
Vergesse nie Deine Wurzeln. Sie geben Dir in Deinem Leben einen festen Stand und größte Sicherheit. Sie ernähren und erhalten dich, versorgen Dich mit allem, was Du brauchst und worauf es im Leben tatsächlich ankommt.

Karin Felten (Bildungspolitikerin der EU, Enkeltochter von Anna von Drewitz, geboren 1973)
Aus dem Gestern für heute und morgen zu lernen bedeutet, das Bewährte zu erhalten und harmonisch mit dem Neuen zu verbinden. Also konservativ in den grundlegenden Zielen und progressiv in den Maßnahmen.

Vacolovas Baradovas (Eigentümer eines Restaurants und Museums in Vilnius)
Es gibt nichts Wichtigeres als die Familie. Alles andere hat im Vergleich dazu kaum Bedeutung.

Elzbetha von Drewitz (Direktorin der Dorfschule, Tochter von Hermann von Drewitz, geboren 1933)
Ich wusste, woher ich kam und konnte so wissen, wohin ich gehen wollte. Die kleine Schule war zunächst nur mein Traum. Ich achtete meine Träume, denn sie schaffen mein Zuhause morgen. So wurde mein Traum Wirklichkeit: Aus den alten, immer noch grünen Wur-

zeln erblühte eine Schule der Zukunft, die junge Menschen entzündet.

Hermann von Drewitz (Gutsbesitzer, Vater von Elzbetha von Drewitz, geboren 1908, gestorben 1960)
Wenn ich mich nach dem richte, was vielleicht andere von mir denken könnten, dann mache ich mich selbst zum Hampelmann. Dann zieht jeder an der Schnur und ich hampele sofort wild herum, weil ich mich von dem wohlgefälligen Denken anderer abhängig mache und mein eigenes selbstbestimmtes Handeln vergesse.

Tatjana Machewsky (Freundin von Elzbetha von Drewitz, Ehefrau von Victor Machewsky)
Einige Länder und in unserem Land einige Menschen sind sehr reich geworden, doch zu keiner Zeit gab es in der Welt und ebenso in unserem Land so viele Arme. Ist das Fortschritt?

Victor Machewsky (Polizist, Ehemann von Tatjana Machewsky)
Wäre es nicht gut, wenn unsere heutigen Eliten unsere aller Vorbilder wären, wie der gnädige Herr es für uns alle gewesen ist?

Heute

Die Teilnahme an der Bildungskonferenz in Vilnius war für Karin Felten keine unausweichliche Pflicht. Diese Konferenz sollte zwar den großen, internationalen Bildungs-Kongress mit dem Kommissar für Bildung der Europäischen Union und den Bildungsministern aller Ostsee-Anrainerstaaten vorbereiten, als Kabinettschefin des EU Kommissars hätte Frau Felten diese Aufgabe jedoch auch gut delegieren können. Doch die Vorbereitungskonferenz in Vilnius war für sie ein willkommener Anlass, sich einen alten Wunsch endlich zu erfüllen.

Karin Felten war fünfzehn Jahre alt, als ihre Großmutter Anna von Drewitz im Alter von 73 Jahren verstarb. Sie hatte ihre Großmutter in bester Erinnerung. Insbesondere die vielen Geschichten, die die Großmutter ihrer Enkelin über ihre litauische Heimat erzählte, waren ihr unvergesslich und prägten ihre Kindheit. In immer wieder neuen Bildern gekleidet mahnte die alte Dame: „Vergesse nie Deine Wurzeln. Sie geben Dir in Deinem Leben einen festen Stand und größte Sicherheit. Sie versorgen Dich mit allem, was Du brauchst und worauf es im Leben tatsächlich ankommt. Und gerade weil Du tief verwurzelt bist, kannst Du Dich frei bewegen, die ganze Welt erobern und Dich gleichwohl nie verirren, wirst nie entwurzelt werden. Du bist ein Glied in einer langen Kette von Generationen unserer Familie. Du trägst die Kraft und das Wissen all` Deiner Vorfahren in Dir und stehst in der Freiheit, aber auch in der Verantwortung, die Dir die Familien-geschichte aufgibt. Werde stets dieser Verantwortung gerecht und Du wirst ein Leben in wahrer Freiheit führen können. Und die Wurzeln unserer Familie, Deine eigenen Wurzeln, findest Du in dem einzigartigen litauischen Dorf Sernai. Dort bin ich geboren und dort verweilte mein Herz zu allen Zeiten meines Lebens."

So machte sich die nun zweiunddreißigjährige Karin Felten im April 2005 auf den Weg nach Vilnius, um die Bildungs-konferenz zu leiten und ihren eigenen Wurzeln nachzuspüren.

Die dreitägige Konferenz verlief wie üblich: Endlose protokollarische Fragen und lange Diskussionen zu den bildungspolitischen Strategien des Ostseeraumes. Elf Länder mit ganz verschiedenen Kulturen, unterschiedlicher Vergangenheit und stark voneinander abweichenden Bildungs-systemen sollten einer einheitlichen Bildungspolitik für den gesamten Ostseeraum zustimmen. Bis zur Tagung der Bildungsminister im nächsten Jahr würden noch viele, viele Papiere ausgetauscht. Danach oblag es der diplomatischen Formulierungskunst der Brüsseler Bürokratie, ein Memorandum zu formulieren, das allseits Zustimmung finden könnte. Sicherlich würden darunter Aussageschärfe und Konkretheit leiden. Viele Seiten würden mit allgemeinen Feststellungen, unverbindlichen Absichtserklärungen und vagen Zielbeschreibungen gefüllt.

Politik ist eben die Kunst der vielen kleinen Schritte, der Konsensfindung auf minimalster Ebene. In dieser Kunst war Frau Felten wahre Meisterin. Obwohl sie sich insgeheim immer wieder wünschte, aus diesem System auszubrechen, die endlosen Debatten durch eine andere, viel zielführendere Vorgehensweise zu ersetzen und wirklich Fortschritte mit konkreten Ergebnissen für die Praxis zu erreichen. Dass die Suche nach ihren eigenen Wurzeln genau dies herbeiführen sollte, konnte Karin Felten damals selbst in ihrer kühnsten Phantasie nicht erahnen.

Am Abend des zweiten Konferenztages gab der litauische Bildungsminister für die Teilnehmer der Konferenz und ausgewählte Ehrengäste ein Abendessen in einem Restaurant in der wunderbaren Altstadt, das zugleich als Museum diente. In den historischen Räumen wurden an den Wänden und in Vitrinen tausende Kostbarkeiten aus aller Welt präsentiert, die allesamt dem Essen und Trinken dienten: Porzellan, Gläser, Bestecke, Küchengeräte, Speisekarten, Tischdekorationen und vieles andere mehr.

In seiner kurzen Tischrede erklärte der Minister, dass dieses einmalige Restaurant-Museum im Auftrag der Regierung alle litauischen Staatsgäste bewirten würde und sie an diesem Abend den Vorzug hätten, genau das Menü zu genießen, das bereits vor sieben Jahren anlässlich des Staatsbesuches der Königin Elisabeth von England kreiert worden war.

Als Leiterin der Konferenz wurde Frau Felten der Platz rechts neben dem Bildungsminister zugewiesen, an ihrer rechten Seite saß der Restaurantbesitzer, der sich ihr als Vaclovas Baradovas vorstellte. Da Karin Felten bereits in den vergangenen zwei Tagen auf der Konferenz viele Gedanken mit dem Minister ausgetauscht hatte, war sie schon bald in einem intensiven Gespräch mit dem Restaurantbesitzer vertieft.

Herr Baradovas erzählte lebhaft, wie er kurz nach der Wende im Jahre 1992 das Haus gekauft und darin das Restaurant eingerichtet hatte. Er berichtete von seinen vielen Reisen, von seiner ausgefallenen Sammelleidenschaft, die schließlich dazu führte, in seinem Restaurant zugleich ein Museum einzurichten und mit diesem Restaurant-Museum der historischen Altstadt Vilnius eine weitere Attraktivität hinzuzufügen. Voller Stolz schilderte Vaclovas Baradovas welche gekrönten und ungekrönten Häupter dieser Welt bereits bei ihm zu Gast gewesen waren: Die Königin von England, der Kaisen von Japan, das belgische Königspaar, bereits dreimal der polnische Präsident, der Bundespräsident Deutschlands, viele weitere Staats-oberhäupter und nun als Krönung sie, die verehrte Frau Felten.

Während des Essens wurden immer wieder neue Trinksprüche ausgebracht. Als Frau Felten sich dieser Sitte nicht länger entziehen konnte, stand sie auf und verkündete mit schlichten Worten von ihrer großen Freude in Vilnius und in diesem einmaligen Restaurant sein zu dürfen. Sie war beeindruckt von der historischen Altstadt und von der großen Aufbauleistung, die das litauische Volk in den vergangenen fünfzehn Jahren geleistet hatte. Schließlich endete sie mit der Feststellung: „Für mich sind diese Tage in Litauen wie eine Rückkehr in meine Heimat. Denn hier befinden sich meine Wurzeln. Meine Vorfahren haben über Jahrhunderte in Litauen gelebt. Meine Großmutter Anna von Drewitz ist in der Nähe von Vilnius in dem kleinen Dorf Sernai geboren worden und hat hier bis zu ihrer Hochzeit Kindheit und Jugendzeit verbracht. Und nun erlebe ich selbst meine Heimat, die ich bislang nur aus den

Erzählungen meiner Großmutter kannte. Dies macht mich glücklich. Voller Dankbarkeit erhebe ich mein Glas und trinke auf das Wohl des litauischen Volkes."

Der Beifall ob dieser Tischrede wollte kein Ende nehmen. Mehr als nur alle denkbaren politischen Statements hatte das persönliche Bekenntnis die Herzen aller Zuhörer gewonnen, ganz besonders das von Vaclovas Baradovas. Spontan nahm er Karin Felten in den Arm, versicherte ihr, dass der Name von Drewitz in Litauen einen ausgezeichneten Ruf genießen würde, und dass sie unbedingt das Heimatdorf ihrer Vorfahren besuchen müsste.

„Nichts würde ich lieber tun", bestätigte Karin Felten, "doch während dieser Reise verbleibt mir dazu leider nicht genügend Zeit. Morgen früh geht die Konferenz weiter. Ich habe am Nachmittag nur vier, maximal fünf freie Stunden, denn um 19.00 Uhr muss ich schon wieder an der Abschlussveranstaltung unserer Konferenz teilnehmen. Und übermorgen in aller Frühe muss ich zurück nach Brüssel fliegen."

Doch dies alles wollte Herr Baradovas nicht gelten lassen: „Es gibt nichts Wichtigeres als die Familie. Sie sind zwar in Deutschland geboren, doch Ihre Wurzeln befinden sich hier in Litauen. Sie müssen unbedingt das Heimatdorf Ihrer Vorfahren kennenlernen, es persönlich erleben. Alles andere hat im Vergleich dazu kaum Bedeutung."

Frau Felten stimmte ihm grundsätzlich zu. Sie hatte selbst schon überlegt, ein Taxi zu nehmen oder ein Auto zu mieten. Aber fünf Stunden, das war einfach viel zu knapp; sie musste den Besuch des Geburtsortes ihrer Großmutter auf eine spätere Reise verschieben.

„Das kommt überhaupt nicht In Frage. Sie sind doch meine Landsmännin. Ich hole Sie morgen um 14.00 Uhr mit meinem Wagen an Ihrem Hotel ab. Dann fahren wir gemeinsam nach Sernai und pünktlich um 19.00 Uhr sind Sie wieder in Vilnius."

„Das wäre wirklich wunderbar", stammelte Karin Felten verlegen, „aber das kann ich nicht annehmen. Sie können mir doch nicht so viel Ihrer Zeit opfern."

„Sie können es nicht annehmen? Sie müssen ganz einfach", stellte Vaclovas Baradovas unumstößlich fest, winkte eilig den Oberkellner herbei und trug ihm auf, alle Termine am nächsten Nachmittag für ihn abzusagen, da er etwas viel Wichtigeres zu tun hätte.

Am nächsten Nachmittag kurz nach 14.00 Uhr hatten sie bereits Vilnius verlassen und eilten weiter über eine neue Schnellstraße Richtung Südlettland. Sie durchfuhren ausgedehnte Nadelholz- und Misch-Wälder, erfreuten sich an freundliche Birkenhaine, dazwischen große landwirtschaftlich genutzte Flächen, passierten kleine Ortschaften und bereits nach gut zwanzig Kilometer zeigte das Navigationsgerät das Verlassen der Schnellstraße an.

Karin Felten hatte am Vormittag telefonisch Kontakt aufgenommen mit der Cousine ihrer Mutter, die immer noch in Sernai lebte. Elzbetha von Drewitz war hoch erfreut, dass eine Verwandte sie besuchen würde und beschrieb genau den Weg zu dem Haus, in dem Karin

Feltens Großmutter das Licht der Welt erblickt und Ihre Kindheit und Jugendzeit verlebt hatte.

Nun erreichten sie Sernai, eine kleine Streusiedlung mit vielleicht einem Dutzend recht einfachen Häusern entlang einer schmalen Teerstraße und einiger davon abzweigender unbefestigter Wege. Nach den Erzählungen der Großmutter müsste Sernai der schönste Ort der Welt sein. Dieses Bild hatte Karin Felten in ihrer Phantasie noch mit den blühendsten Farben ausgeschmückt. Angesichts der grauen Häuser und einiger zerfallener Scheunen, die eher zufällig in der Landschaft platziert erschienen, verspürte Frau Felten Enttäuschung; das Traumbild des Paradieses auf Erden zerplatzte wie eine schillernde Seifenblase in der Luft.

„Hier muss es sein", stellte Vaclovas Baradovas aufgeregt fest. Links von der holprigen Straße führte eine alte Baumallee einen leichten Hügel hinauf. Links und rechts der Allee befanden sich alte, teilweise zerfallene Gebäude, die erahnen ließen, dass sie einst als große Viehställe, Vorratsscheunen und andere landwirtschaftliche Wirtschaftsgebäude dienten. Etwa zweihundert Meter weiter erreichten sie die Anhöhe und hielten direkt vor einem großen Herrenhaus, das einst prächtiger Mittelpunkt eines großen Gutes war.

Elzbetha von Drewitz erwartete sie bereits vor dem Haus und begrüßte die Ankömmlinge herzlich. Zunächst galt es die verwandtschaftlichen Beziehungen zu klären.

„Meine Großmutter Anna von Drewitz ist hier geboren und deren Tochter Maria ist meine Mutter", stellte Karin fest.

„Tante Anna war die Schwester meines Vaters Hermann von Drewitz", erklärte Elzbetha von Drewitz. „Ich kann mich noch an sie erinnern. 1938 – ich war grade einmal fünf Jahre alt – heiratete sie einen Herrn von Gerlinsky und zog mit ihm nach Deutschland an den Rhein in das kleine Städtchen Bad Godesberg. Kurz darauf brach der zweite Weltkrieg aus und ich habe meine Tante nie wiedergesehen, es gab nur brieflichen Kontakt. Aus Tante Annas Briefen weiß ich, dass sie einer Tochter Namens Maria das Leben schenkte. Meine Cousine Maria, die ich persönlich nie kennengelernt habe. Und nun besucht mich ihre Tochter! Das ist eine große Freude, einfach wunderbar."

„Ich bin überglücklich hier zu sein und danke Ihnen herzlich, dass ich Sie besuchen darf."

„Ich bin zwar mehr als doppelt so alt wie Du, aber wir sind doch eng verwandt. Nenne mich bitte einfach Elzbetha oder - wenn es Dir lieber ist – Tante Elzbetha. Und nun zeige ich Euch das Haus, in dem mein Vater und Deine Großmutter gelebt haben."

Das einst prächtige, zweigeschossige Herrenhaus war vollständig aus Holz erbaut. Nun mangelte es an einem dringend erforderlichen neuen Anstrich und diverser Reparaturen. Unschwer war aber vorstellbar, dass dieses Gutshaus vor Jahrzehnten ein besonderes Kleinod darstellte und mit einigem Aufwand die alte Pracht zurück gewinnen könnte.

Als sie über eine große Freitreppe hinaufgingen, die schönen Schnitzereien der überdachten Veranda bewunderten und schließlich das Haus betraten, schilderte Tante Elzbetha die Geschichte des Hauses. Bis zu seinem Tod im Jahr 1960 hatte ihr Vater Hermann von Drewitz das Gut bewirtschaftet. Kurz darauf wurde alles verstaatlicht. In den Folgejahren verfielen die Gebäude immer mehr. Von den Wirtschafts-gebäuden waren nicht viel mehr als Ruinen verblieben. Im Wohnhaus lebten viele Jahre verschiedene russische Familien, die hier zwangsweise angesiedelt wurden. Dann diente es der Gemeinde als Verwaltungssitz. Später wurde eine Diskothek eingerichtet und in diesem Zusammenhang der große, schöne Wintergarten einfach abgerissen. In den achtziger Jahren hatten weißrussische Arbeiter umfangreiche Reparaturen und Instandsetzungen im Hausinneren vorgenommen. Diese Arbeiten nahmen aber keine Rücksicht auf den Stil des Hauses; eingebaut wurden die Materialien, die gerade verfügbar waren.

„Nach der Wende haben wir dann mit einheimischen Kräften und bescheidenen Mitteln Reparaturen vorgenommen und Jahr für Jahr bis heute das getan, was wir finanziell verkraften konnten", schilderte Frau von Drewitz und fügte mit stolzer Stimme hinzu: „Seit 1992 betreibe ich nun in dem Haus meiner Eltern einen Kindergarten und eine kommunale Schule, die wir nun besichtigen werden."

Es handelte sich um einen zweijährigen Kindergarten und eine vierjährige Grundschule. Aktuell besuchten 44 Kinder Kindergarten und Grundschule – eine durchschnittliche Gruppengröße von sieben bis acht Kindern. Zwei Kindergärtnerinnen wurden unterstützt von Frauen aus dem Dorf. Neben Frau von Drewitz als Direktorin unterrichteten drei weitere hauptberufliche Lehrkräfte an der Schule. Hinzu kamen ein Künstler aus dem Dorf, der Musik und Kunstunterricht erteilte, Handwerker, die Werkunterricht veranstalteten sowie weitere Bewohner des Dorfes, die ehrenamtlich in der Schule tätig waren.

Alle Räume waren groß und hell, einfach, aber zweckmäßig eingerichtet. In den Räumen der beiden oberen Klassen befanden sich sogar Personal-Computer, die eine Partnerschule aus Deutschland gespendet hatte.

Frau Felten war begeistert. Alles, was sie sich von der Bildungspolitik der Zukunft erträumte, wurde bereits an dieser Schule realisiert: Kleine Klassengrößen, individueller Unterricht, eingebunden in die Dorfgemeinschaft, lernen beim Spielen, viel Freiraum für Entdeckergeist, individuelle Entfaltung und Sammlung persönlicher Erfahrungen. Und dies alles am Stammsitz ihrer Vorfahren! Keine der modernen Erziehungsanstalten, die Kinder verbiegen und ihrer Individualität berauben. Keinerlei modernste Einrichtungen in den alten Räumen, aber die modernste und zukunftsweisendste Schule, die Karin Felten je gesehen hatte.

Auch Vaclovas Baradovas war sehr von dieser Schule und der Persönlichkeit ihrer Direktorin angetan: „Alles was ich gesehen und gehört habe, spricht von einer wunderbaren Liebe zu den Kindern. Hier können junge Menschen sich frei entfalten und sich mit liebevoller Begleitung entwickeln", stellte er in seiner direkten und so überzeugenden Art fest.

Zum Abschluss der Besichtigung führte Frau von Drewitz ihre beiden Gäste in den verwilderten Park direkt hinter dem Haus, der die gesamte restliche Anhöhe in Anspruch nahm. Während sich Vaclovas Baradovas intensiv mit Frau von Drewitz unterhielt, durchstreifte Karin Felten den weiten Park, genoss den Ausblick in die weite Landschaft und bestaunte das Licht der untergehenden Sonne im See am Fuß des Hügels. In einer hinteren Ecke des Parks entdeckte sie versteckt unter alten, mächtigen Bäumen die Grabstätte von Hermann von Drewitz und direkt dahinter neben einer steinernen Bank die weiße Statue einer jungen Frau. „Ein großartiger Künstler hat die unvergängliche Schönheit einer Frau in Stein gebannt", sinnierte Frau Felten. Ihr kamen Gesicht und Körperhaltung dieser Frau irgendwie bekannt vor. Die Statue erinnerte sie an irgendetwas, vielleicht an eine Person, die sie kannte. Sie wollte Tante Elzbetha dazu befragen, vergaß es dann aber, als diese darauf bestand, dass sie unbedingt mit zu ihr nach Hause kommen müssten.

„Diese Einladung können wir nicht ausschlagen", erklärte Herrn Baradovas als sich Tante Elzbetha entfernte, um die Schule abzuschließen. „Ich verspreche Ihnen, dass wir pünktlich um 19.00 Uhr wieder in Vilnius sind"

Bei Kaffee und Kuchen im Heim von Elzbetha von Drewitz, das sich nur wenige Kilometer entfernt in einem prächtigen Gutshof im Nachbarort befand, drehte sich das muntere Gespräch ausschließlich um die einzigartige Schule.

„Ja, meine geliebte Schule, die nun geschlossen werden muss", stellte Frau von Drewitz traurig fest und berichtete dann von den jüngsten Ereignissen.

In Litauen lebt eine polnische Minderheit, die ein besonderes Wahlrecht besitzt. Im Landkreis, der Träger der Schule ist, hatte die Partei der polnischen Minderheit bei den letzten Wahlen die Mehrheit gewonnen und vor einem halben Jahr die Schließung der Schule beschlossen, da nur noch Schulen geschaffen werden sollten, in denen in erster Linie in Polnisch unterrichtet wurde. Elzbetha von Drewitz hatte bereits alles Erdenkliche dagegen unternommen, einen Rechtsanwalt beauftragt, Einspruch eingelegt und selbst den litauischen Bildungsminister eingeschaltet. Der Minister hatte sich zwar für den Erhalt der Schule ausgesprochen, konnte sich aber nicht über die Beschlüsse des autonomen Kreistages hinweg setzen. Und nun sollte die Schule in einem halben Jahr geschlossen und damit das Lebenswerk von Elzbetha von Drewitz vernichtet werden.

„Das darf nicht geschehen! Auf keinen Fall!", erregte sich Karin Felten. „Wir müssen alles unternehmen, um die Schließung zu verhindern. Vaclovas, Du kennst doch sicherlich den besten Anwalt in Vilnius. Beauftrage ihn, ich übernehme sämtliche Kosten. Wenn der Anwalt den Beschluss nicht rückgängig machen kann, dann muss er mit allen nur erdenklichen Mitteln, mit allen rechtlichen Winkelzügen einen zeitlichen Aufschub erreichen. Wir brauchen nur etwas Zeit. Wir finden bestimmt eine Lösung. Und dazu habe ich schon eine vage Idee."

Trotz allen Drängens wollte Karin Felten keine weiteren Informationen zu ihrer Rettungs-Idee preisgeben. Bei einem herzlichen Abschied von Tante Elzbetha versprach sie jedoch, bereits im August für zwei Wochen erneut nach Litauen zu kommen, Tante Elzbetha wieder in Sernai zu besuchen und für den Erhalt der Schule zu kämpfen.

Pünktlich um 19.00 Uhr war Frau Felten zurück in Vilnius zum letzten Teil der Bildungskonferenz. Bei dieser Gelegenheit weihte sie den litauischen Bildungsminister in ihren Plan zur Rettung der Dorfschule von Sernai ein. Der Minister war zunächst verunsichert, dachte kurz nach und versicherte dann lächelnd: „Eine abenteuerliche Idee! Wenn das mal gut geht. Aber ich unterstütze Sie uneingeschränkt bei der Realisierung."

Mit dieser Zusage flog Karin Felten am nächsten Tag zurück nach Brüssel. Vier Monate später reiste sie erneut nach Litauen, um gemeinsam mit Tante Elzbetha ihren Wurzeln nachzuforschen und die einzigartige Schule von Sernai zu retten.

Gestern

Hermann von Drewitz leitete das Gut Sernai, das sich seit vielen Generationen im Besitz der Familie befand, bereits seit über zwanzig Jahren. Das gesamte Dorf mit seinen neunzehn Wohnhäusern, Katen und Kleingehöften lebte mehr oder weniger vom Gut: Als Melker, Gespann Führer, Knechte, Mägde, Pächter, Tagelöhner oder Handwerker. Alle Dorfbewohner nannten den Gutsbesitzer nur „Der alte Herr" oder wenn sie ihn direkt ansprachen „Gnädiger Herr".

Hermann von Drewitz hatte recht spät geheiratet. Da sein Vater bereits zwölf Jahre zuvor gestorben war, hatte seine alte Mutter seine Ehe arrangiert. Gleichwohl wurde es die große Liebe, die allerdings nur ein knappes Jahrzehnt währte. Drei Jahre nach der Hochzeit, die vom ganzen Dorf eine Woche lang gefeiert wurde, erblickte Töchterchen Elzbetha das Licht der Welt. Das kleine Mädchen war gerade eingeschult, als die Mutter an einer heimtückischen Krankheit verstarb.

Aus einem der Nachbardörfer holte sich Herr von Drewitz das sechste Kind eines Kleinbauern, die damals zwanzigjährige Luba Jurschenka als Wirtschafterin ins Haus. Schon bald war die junge Frau mit einer so innigen Liebe der kleinen Elzbetha zugetan, als wäre es ihr eigenes Kind. Elzbetha nannte sie fortan „Mamuschka" und diesen Namen übernahm auch bald Herr von Drewitz.

Luba Jurschenka beaufsichtigte die Mägde, besorgte dem inzwischen fast vierzigjährigen Gutsbesitzer den Haushalt und teilte schon bald des Nachts mit ihm das

Bett. Luba hatte zwar ein eigenes, großes Zimmer im Gutshaus, viel lieber verbrachte sie jedoch die Nächte in den Armen des Gutsherrn. Gleichwohl blieb Luba aber selbstverständlich beim „Sie" und „Gnädiger Herr".

Für beide war es gut so. Das ganze Dorf wusste von diesem Liebesverhältnis, doch für Niemanden gab es etwas zu tadeln. War es zunächst die gegenseitige körperliche Anziehung, die beide miteinander verband, so wuchs daraus im Laufe der Jahre ein tiefes Verständnis füreinander, ein Vertraut sein und eine unerschütterliche Zuneigung.

An einem klaren Frühlingsmorgen im Jahre 1957 hielt selbst Luba den Alten nicht mehr im Bett. Bereits um fünf Uhr in der Frühe kontrollierte er im Wagenschuppen, ob der Kutscher die große Droschke auf Hochglanz gebracht hatte. Dann eilte er in den Pferdestall. Der Futtermeister lag noch schlafend im Stroh in einem kleinen Verschlag neben den Pferdeboxen und wurde von dem Alten jäh aus seinen Träumen gerissen: „Warum schläfst Du hier im Stall und nicht in Deinem eigenen Bett?"

„Gnädiger Herr", stammelte der Futtermeister verschlafen, „Sie haben mir aufgetragen, in diesen Tagen besonders auf die Pferde zu achten und sie gut zu füttern. Und die Pferde schlafen besser, wenn sie mein Schnarchen hören. Ebenso finde ich bessere Ruhe, wenn ich das Schnauben der Pferde vernehme."

„Ja, füttere die Pferde gut. Achte besonders auf die drei Rappen. Sie brauchen heute viel Kraft für eine lange Reise." Kaum waren die Worte verklungen, schon eilte er wieder davon. Kopfschüttelnd sah ihn der Futtermeister hinterher. So aufgeregt hatte er den gnädigen Herrn noch nie erlebt.

Der Gutsbesitzer machte sich auf die Suche nach Luba, die er schließlich in der Küche fand. „Mamuschka, ist alles geregelt? Hast Du meine Sachen gepackt und auch den guten schwarzen Anzug nicht vergessen?"

Selbstverständlich war alles in bester Ordnung. Der Koffer stand gepackt in der Diele; daneben ein großer Korb mit Essen und Getränken für die lange Reise. Auch an Decken hatte Mamuschka gedacht, damit der gnädige Herr sich in der Kutsche vor Zugluft schützen könnte.

Beim gemeinsamen Frühstück versuchte Luba dem alten Herrn durch ein munteres Geplauder etwas von seiner Aufgeregtheit zu nehmen.

Vergeblich!

„Heute ist ein großer Tag Mamuschka. Ich fahre nach Vilnius, um Elzbetha nach Hause zu holen", versicherte der Alte und fügte dann entschuldigend hinzu: „An einem solchen großen Tag ist etwas Aufregung ganz natürlich."

Später begab sich Herr von Drewitz in sein Arbeitszimmer. Doch auch hier - über seine Wirtschaftsbücher gebeugt - fand er keine Ruhe. Fast halbstündlich lief er hinaus auf die Veranda, um Ausschau nach einer Kutsche zu halten. „Wo bleibt Borris nur", murmelte er mit zunehmender Ungeduld.

Wieder beruhigte ihn Mamuschka. Borris von Gersky, der Sohn des Gutsbesitzers des Nachbardorfes, würde gewiss pünktlich eintreffen, um den gnädigen Herrn nach Vilnius zu begleiten. Borris war Elzbethas bester Freund; sie hatten zusammen die Schule besucht und nun freute er sich mindestens so sehr wie der Alte, Elzbetha wiederzusehen.

Gegen Mittag vernahm Hermann von Drewitz endlich das Knattern eines Autos. „Kommt doch der Teufelskerl tatsächlich mit seiner modernen Benzinkutsche", murmelte er hinaus eilend. Borris von Gersky wollte gern mit dem Auto nach Vilnius fahren. Doch davon wollte der Alte nichts wissen: „Ich bin immer mit meinen Pferden gereist und dabei bleibt es auch heute."

Nach einem vorgezogenen Mittagessen ging die Reise los. Dreispännig mit einem Kutscher oben auf dem Bock machten sich Hermann von Drewitz und Borris von Gersky auf den Weg nach Vilnius. Sie legten einige Pausen ein, damit die Pferde sich ausruhen konnten, und erreichten bereits am frühen Nachmittag das beste Hotel in Vilnius, in den der alte Herr Zimmer reserviert hatte. Dort angekommen befahl der gnädige Herr dem Kutscher, die Pferde an dem Pfosten einer Bushaltestelle anzubinden und die Koffer auf die Zimmer zu bringen.

Während dessen inspizierte der Alte das Fürstenzimmer, in dem der große Abend stattfinden sollte. Ein runder Tisch war festlich für drei Personen gedeckt und der ganze Raum üppig mit Blumen geschmückt. Alles hätte zur vollsten Zufriedenheit des Gutsbesitzers sein können, doch er fand immer noch eine Kleinigkeit, die seines Erachtens verbessert werden konnte und beauftragte damit den diensteifrigen Hoteldirektor.

Plötzlich unterbrach der Hotelportier die Inspektion, bat um Entschuldigung für die Störung und berichtete aufgeregt, dass draußen auf der Straße der gesamte Verkehr stockte, der Linienbus nicht passieren konnte, weil die Kutsche mit dem Pferdegespann alles versperrte und niemand wagte, die wilden Rösser anzufassen.

Ein eingetroffener Polizist tat gewichtig: „Wem gehören die Pferde? Sie müssen hier sofort weg, sie behindern den Verkehr", und als er den alten Herrn erblickte, "oh, Herr von Drewitz, diese wunderschönen Pferde gehören wohl Ihnen."

„Ja, sicher doch", versicherte der alte Herr. „Ich dachte, Sie hätten extra hier vor diesem Hotel diesen Pfosten anbringen lassen, damit ich daran meine Pferde anbinden kann. Ich wusste nicht, dass hier ein solches Ungetüm von Benzin-kutsche verkehrt."

Ein Geldschein wechselte verstohlen den Besitzer, der zwischenzeitlich eingetroffene Kutscher brachte die Pferde fort und der Polizist machte sich daran, das Verkehrschaos aufzulösen.

Dieser kleine Zwischenfall hatte den Alten so fröhlich und beschwingt gestimmt, dass er seine Aufregung vergaß und auf seinem Zimmer für eine Zeit ruhte.

Kurz nach 19.00 Uhr fanden sich der alte Herr und Borris von Gersky im Fürstenzimmer ein. Der junge Borris hatte auf Geheiß ebenso wie der alte von Drewitz seinen besten schwarzen Anzug angetan. Der Alte trug außerdem eine graue Samtweste. Über seinen mächtigen Bauch spannte sich eine Uhrkette aus geflochtenem Frauenhaar, die der Alte aus den Zöpfen seiner Tochter Elzbetha hatte flechten lassen, als diese als junges Mädchen eine moderne Frisur wünschte und die Zöpfe abschneiden ließ. An dieser Kette zog der Alte alle paar Minuten aus seiner Westentasche eine schwere goldene Uhr hervor, um die Zeit zu prüfen.

Endlich war es soweit.

Der Hotelportier führte Elzbetha von Drewitz in Begleitung eines jungen Mannes in das Fürstenzimmer. Beim Anblick des langhaarigen Begleiters verschlug es dem Alten schier die Sprache. Elzbetha erkannte das Entsetzen in seinen Augen und stellte amüsiert fest: „Liebster Papa, ich möchte Dir meinen Freund Alexander Kustonow vorstellen. Er hat mich hierhin zum Hotel begleitet, muss uns leider aber gleichwieder verlassen, da er heute Abend in der Oper dirigiert."

Der Alte war erleichtert. Kurz begrüßte er den Dirigenten, stellte Borris von Gersky vor und umarmte dann seine Tochter so lange und innig, dass beide für einen Moment Raum und Zeit vergaßen.

Etwas später begann das festliche Abendessen mit einem munteren Geplauder am Tisch. Die Unterhaltung wurde fast ausschließlich von Elzbetha und Borris bestritten, die freudig ihr Wiedersehen genossen und Erinnerungen austauschten. Der alte Herr beteiligte sich kaum an dem Gespräch, allzu sehr sehnte er den großen Moment herbei, den er den jungen Leute als besonderen Höhepunkt seines Lebens angekündigt und damit größte Neugierde ausgelöst hatte. Nachdem der zweite Gang beendet war und der Alte der aufmerksamen Bedienung auftrug, sie nun für eine gute halbe Stunde nicht zu stören, erhob Hermann von Drewitz sein Glas: „Ich trinke auf Euer Wohl, auf dass ihr beide immer glücklich sein werdet." Dann wandte er sich seiner Tochter zu: „Liebste Elzbetha, mein Augenstern."

Der Alte sprach von seiner Frau, seiner großen Liebe, die leider so früh verstorben war. Nach ihrem Tod galt seine ganze Liebe nur seiner Tochter. Sie war für ihn der aller wichtigste Mensch auf Erden und sie konnte sich immer seiner unerschütterlichen Liebe gewiss sein. Ja, er hatte sie auch mit einer gewissen Strenge erzogen. Das aber war gerade Ausdruck seiner einzigartigen Liebe. Er hatte Elzbetha über Jahre immer wieder in die Tradition der Familie eingeweiht, bis ihr dies Bewusstsein in Fleisch und Blut überging. Sie war gewiss eine würdige von Drewitz und würde die Tradition der Familie mit großer Ehre fortsetzen.

So hatte der alte Herr noch nie zu seiner Tochter gesprochen. Gerührt ergriff sie seine Hand und drückte sie herzlich. Dann begann der Alte von ihrer Schulzeit und ihrem unzertrennlichen Schulfreund Borris von Gersky zu sprechen. Er berichtete von Streichen, die beide in der Schule oder auf dem Gut anstellten und schilderte ausführlich die Vorzüge von Borris, einem wunderbaren Mensch, einem verlässlichen Weggefährten für das ganze Leben.

Bei diesen Worten überfiel Elzbetha erstmalig eine unheimliche Vorahnung. Sie verspürte eine unerklärliche

Angst, ohne sagen zu können, woher diese rührte. Schutzsuchend ergriff sie Borris Hand.

Der Alte deutete dies als gutes Omen und setzte zum Finale seiner Rede an. Erneut sprach er von seiner Frau, die er so geliebt hatte, obwohl sie sich bei ihrer Hochzeit noch kaum kannten. Er war seiner Mutter zutiefst dankbar, die an Stelle seines bereits verstorbenen Vaters diese Ehe arrangiert hatte. Dann nestelte er aus seiner Westentasche einen Ring hervor und verkündete feierlich: „Nun ist es meine Aufgabe, Euch beide, Dich liebste Elzbetha und Dich verehrter Borris, Sohn meines besten Freundes, zusammenzuführen. Meine allerliebste Tochter, wir wollen Dich nun nach Hause holen und schon bald Hochzeit feiern. Heute Abend soll Verlobung sein und es ist guter, alter Brauch, dass die junge Frau auf dem Gut diesen alten Ring trägt. Dieses kostbare Erbstück konnte Deine Mutter leider nur so kurze Zeit tragen. Aus Anlass Deiner Verlobung mit Borris will ich Dir nun diesen Ring anstecken."

Elzbetha ergriff blankes Entsetzen, sprachlos schüttelte sie nur immer wieder ihren Kopf und sah mit erschrockenen Augen abwechseln ihren Vater und Borris an. Der junge von Gersky fasste sich ein Herz: „ Verehrter Herr von Drewitz, das geht so nicht...." und wurde sofort vom polternden Alten unterbrochen: „Was geht so nicht? Ist Dir meine Tochter etwa nicht gut genug?"

„Nein, ja, doch.... Elzbetha ist die wunderbarste Frau der Welt und ich wäre überglücklich, wenn sie mich heiraten würde, " stammelte Borris verlegen und fuhr dann an Elzbetha gewandt fort: „Du musst mir glauben, ich habe nichts davon gewusst."

„Selbstverständlich hast Du nichts davon gewusst! Das wäre ja noch schöner," unterbrach ihn der Alte unwirsch. „Ich habe alles mit Deinem Vater besprochen. Eure Heirat ist auch sein größter Wunsch. Wir sind uns einig und wollen Euch beide und damit auch unsere beiden Güter zusammenführen. Wir müssen uns nur noch darüber verständigen, auf welchem der beiden Güter Ihr wohnen werdet."

Der junge von Gersky setzte zu einer weiteren Erwiderung an, wurde jedoch sofort von Elzbetha, die erneut seine Hand ergriffen hatte, unterbrochen: „Lasse es gut sein, Boris. Ich vertraue Dir und weiß, dass Du nichts von diesen Hochzeitsplänen unserer Väter gewusst hast."

Sie hatte ihre Fassung wieder gefunden und wandte sich nun mit fester Stimme an ihren Vater.

„Du allein weißt, wie sehr ich Dich liebe. Ich möchte gern alles Erdenkliche tun, um Dich glücklich zu machen. Aber diesen Wunsch kann ich Dir nicht erfüllen. Ich weiß, wie schwer es Dir vor vier Jahren gefallen ist, mich zum Studium nach Vilnius gehen zu lassen. Aber Du hast mir die Erlaubnis erteilt. Du hast mir immer jeden Wunsch erfüllt und mir also auch mein Studium ermöglicht, das ich kürzlich mit dem Staatsexamen abgeschlossen habe. Nun habe ich in meiner Fakultät eine Assistentenstelle angenommen und auch bereits mit meiner Dissertation begonnen. Ich will promovieren; ich bin noch so jung und möchte noch so viel lernen. Ich werde deshalb jetzt nicht nach Hause kommen."

„Muss das wirklich sein?" wollte der alte Herr erregt wissen. Nachdem er in den Augen seiner Tochter deren festen Willen erkannte, lenkte er nach einer kurzen Pause ein: „Nun gut, promovieren kannst Du auch als verheiratete Frau. Wir kaufen dann eben eine dieser verteufelten Benzinkutschen, die Dich dann immer wenn es erforderlich ist, nach Vilnius bringt, damit Du Deine Dissertation beenden kannst." Und fügte dann bestimmt hinzu: „Aber geheiratet wird jetzt. Den Termin Eurer Hochzeit habe ich bereits mit Borris Vater festgelegt."

Doch auch davon wollte Elzbetha nichts wissen. Borris war gewiss ein wunderbarer Mensch, ihr allerbester Freund. Sie wollte ihn keineswegs verletzten, aber sie liebte ihn nicht. Sie hatte erst vorhin ihrem Vater Alexander Kustonow vorgestellt, dem sie zugetan war.

„Was, diesen langmähnigen Künstler willst Du heiraten?" polterte der Alte aufgebracht.

„Das weiß ich heute noch nicht", entgegnete die Tochter schlicht. „Ich mag ihn. Ob er aber der richtige Mann fürs Leben ist, das wird die Zukunft zeigen."

Und fuhr dann an Borris gewandt fort: „Verzeih mir! Nichts liegt mir ferner, als Dir weh zu tun. Du bist mein sehr, sehr guter Freund, den ich mein Leben lang behalten möchte. Aber für eine Ehe reicht das nicht."

Borris nickte, ergriff ihre Hand und übermittelte ihr damit Verständnis und seine ihm so schwer fallende Zustimmung.

Doch der alte von Drewitz konnte dies nicht akzeptieren. Erregt erklärte er, dass er von seiner Tochter noch nie etwas verlangt hatte, was diese nicht wollte. Er hatte ihr immer eine schier grenzenlose Freiheit gewährt. Nur dieses einzige Mal, in der Frage der Eheschließung müsste sie ihm blind vertrauen und seinen Wunsch respektieren. Sie stünde in der Pflicht der Tradition und müsste nun ihrer Verantwortung gegenüber der Familie gerecht werden. Nie habe er seiner Tochter etwas befohlen und würde es auch nie wieder tun. Doch die Verlobung heute sei nicht nur der sehnlichste Wunsch des liebenden Vaters, sondern Pflicht, sein unabänderlicher Befehl.

Elzbetha von Drewitz suchte verzweifelt einen Ausweg. Die Gedanken rasten in ihrem Kopf. Dann ging ein Ruck durch ihren Körper und mit fester Stimme erklärte sie ihrem Vater: „Papa, in welcher Zeit lebst Du? Wir befinden uns nicht mehr im Mittelalter. Es geht um mein Leben! Ich habe doch ein Recht darauf, mir meinen Ehemann selbst auszusuchen."

„Nein, dieses Recht hast Du nicht", stellte der Alte hart fest. „Ich lasse Dir jede nur erdenkliche Freiheit. Nur in dieser einzigen Angelegenheit, der Heirat mit Borris, verlange ich Gehorsam und Pflichterfüllung. Dazu gibt es keine Alternative. Wie stehe ich denn da? Du erlaubst mir nicht, mein Gesicht zu wahren! Und was heißt schon Mittelalter? Was soll plötzlich schlecht sein, was über Jahrhunderte gut war und stets die Familie gestärkt hat?"

„Liebster Papa, es geht um mein ganzes weitere Leben! Ich bedaure zutiefst, dass wir in diese ausweglose Situation geraten sind. Aber ich kann einfach nicht Deinem Wunsch, nein, Deinem Befahl, Borris zu heiraten, folgen."

Schier außer sich schlug der alte Herr mit beiden Fäusten auf den Tisch, sprang dann in höchster Erregung auf, sodass der Stuhl krachend zu Boden fiel, und stieß gepresst hervor: „Ist das Dein letztes Wort?"

Elzbetha weinte. Um Verständnis bittend sah sie verzweifelt ihren Vater an. Ihre Hand griff nach seinem Arm, die er jedoch lästig abschüttelte. Dann die leise, kaum vernehmliche Antwort: „Ja, das ist mein letztes Wort."

„Dann bist Du nicht mehr meine Tochter. Du bist für mich gestorben," schrie der Alte unbeherrscht in höchster Erregung und heischte sodann: „Komm Borris, wir fahren sofort nach Hause."

„Nein, verehrter Herr von Drewitz, sie befinden sich im Unrecht. Ich fahre nicht mit Ihnen. Ich bleibe hier in Vilnius."

Ohne die beiden verzweifelten jungen Leute noch eines Blickes zu würdigen, stürmte der Alte aus dem Raum, ließ sofort anspannen und fuhr noch in dieser Nacht nach Hause. Im Proviantkorb hatte Mamuschka für alle Fälle auch eine Flasche Bärenfang eingepackt. Diese leerte der Alte während der Fahrt vollständig.

Mamuschka wurde vom Lärm geweckt, den der volltrunkene Gutsbesitzer verursachte, als er sich anschickte, die breite Treppe zu seinem Schlafgemach hinaufzusteigen. Sie half ihm nach oben, entkleidete ihn, und legte sich dann zu ihm ins Bett und hielt den lallenden alten Herren in ihren Armen.

„Elzbetha ist heute Abend gestorben."

Mamuschka schrie entsetzt auf und erst auf ihr hartnäckiges Drängen hin berichtete der gnädige Herr mit stockender Stimme, was am Abend in Vilnius vorgefallen war. Als er schließlich endete, hielt Luba Jurschenka einen weinenden alten Herrn in ihren Armen.

Sie fand in dieser Nacht keinen Schlaf mehr. Sie nährte in sich die Hoffnung, dass ein neuer Tag und etwas Zeit das Geschehene vergessen und wieder Frieden bringen könnten.

Doch diese Hoffnung sollte sich nicht erfüllen.

Am nächsten Tag ordnete der alte von Drewitz an, dass seine Tochter nie mehr das Haus betreten und ihr Namen in seiner Anwesenheit nicht mehr erwähnt werden durfte. Er tilgte alles, was im Haus an Elzbetha erinnerte. Ihre Sachen der Kindheit, ihr Spielzeug, ihre Kleidungsstücke und Bilder, einfach alles ließ der Alte von Mägden in Kisten packen und vom Kutscher nach Vilnius bringen.

Mamuschka bettelte und flehte den gnädigen Herrn an, von seinem Ansinnen abzulassen, schließlich würde er sich damit selbst den größten Schmerz zufügen. Nachdem dies drei Tage lang nicht half, ließ sie eigenmächtig anspannen und sich vom Kutscher nach Vilnius bringen. Sie blieb vier Tage dort, um mit ihrer über alles geliebte Elzbetha zusammen zu sein und gemeinsam einen Ausweg zu finden. Die junge Frau war bereit, auf ihre Promotion zu verzichten, sofort nach Hause zu kommen und alles zu tun, was der Vater wollte. Nur der Eheschließung konnte sie nicht zustimmen.

Doch in dieser Frage gab es für den Alten kein Nachgeben.

Elzbetha von Drewitz kam jedes Wochenende nach Hause, doch der Alte verweigerte ihr den Zutritt ins Haus, wollte sie nicht sehen und schloss jedes Gespräch rigoros aus. So musste sie stets bei einer Schulfreundin im Dorf übernachten und montags mit schwerem Herz wieder nach Vilnius reisen.

Mamuschka traf sich stets mit Elzbetha, führte mit ihr lange Gespräche, hielt die weinende junge Frau in ihren Armen und stillte ihre hungrigen Fragen zu allem, was den Vater betraf.

Der alte von Drewitz wusste von diesen Treffen, verlor darüber jedoch nie ein Wort. Wenn Mamuschka ihm etwas von Elzbetha erzählen wollte, wandte er sich sofort schroff mit den Worten ab „Meine Tochter ist gestorben."

Mamuschka sah, wie sehr der gnädige Herr selbst darunter litt und unternahm alles, Vater und Tochter wieder auszusöhnen. Schließlich verweigerte sie ihm gar die Nächte, teilte nicht mehr das Bett mit ihm und blieb über sechs Monate des Nachts in ihrem Zimmer.

Vergeblich!

In dieser Zeit hatte der alte Herr einen berühmten Bildhauer extra aus St. Petersburg kommen lassen, der eine lebensgroße Statue aus weißem Marmor schuf: Ein genaues Abbild von Elzbetha von Drewitz. Die Statue wurde im Park hinter dem Haus in einer versteckten Ecke unter großen Bäumen aufgestellt. Davor befand sich eine aus Stein gehauene Bank, die ebenfalls der Bildhauer angefertigt hatte. Hier verbrachte der alte Herr täglich an den Abenden viele Stunden in Trauer um seine verlorene Tochter.

Der Anblick ihres gnädigen Herrn vor dieser Statue zerriss Mamuschka schier das Herz. Sie beendete ihren Streik und teilte fortan wieder jede Nacht das Bett des Alten.

Hermann von Drewitz erlitt unsagbare Qualen, gleichwohl konnte keine Macht der Welt ihn aus dem selbst geschaffenen Gefängnis befreien. Er empfing keinerlei Besuch mehr, ging niemals aus und verlor selbst jedes Interesse an seine ihm sonst so wichtige Jagd. Nur seinen Pflichten auf dem Gut kam er sorgfältig nach. Doch er hatte sein Kampfwillen verloren. Den Kommunisten, die sich gemäß dem Diktat aus Moskau stark ausbreiteten und insbesondere den Gutsbesitzern das Leben zur Hölle machten, wusste er immer weniger entgegen zu setzen.

Trotz der aufopfernden Fürsorge Mamuschkas verfiel der gnädige Herr von Tag zu Tag mehr. Drei Jahre später, fast genau auf den Tag nach der denkwürdigen Verlobungsfeier in Vilnius, erkrankte der alte von Drewitz schwer. Der herbei gerufene Arzt wollte ihn sofort in ein Krankenhaus verlegen lassen. Dies lehnte der Alte ebenso strikt ab, wie ein Besuch seiner Tochter an seinem Krankenbett, um den Mamuschka ihn inständig bat.

Der Hausarzt zog verschiedene Experten der Universitätsklinik hinzu, die die gestellte Diagnose nur bestätigen konnten. Herr von Drewitz würde bald sterben, zumal er jeden Überlebens-wille verloren hatte.

Als es nach wenigen Wochen mit dem Alten zu Ende ging, begnügte sich seine Tochter nicht mehr länger damit, nur im Haus ihrer Freundin in der Nähe des Gutshauses zu sein, setzte sich vielmehr über alle Verbote hinweg, um ihren Vater zu sehen. Mamuschka war natürlich ihre Verbündete.

Der Pfarrer war bereits länger beim alten Herrn gewesen und hatte ihn angefleht, um seiner Seelenheil Willen sich in seiner letzten Stunde mit der Tochter zu versöhnen. Er erntete nur ein barsches Nein.

Da ein plötzlicher Besuch der Tochter den geschwächten Alten zu sehr erregen könnte, eilte Mamuschka nach oben zum gnädigen Herrn, um den Besuch der Tochter vorzubereiten.

Sie setzte sich zu ihm aufs Bett und nahm seine kalte Hand. „Mich friert es, Mamuschka", röchelte er mit kaum vernehmbarer Stimme. Flugs stieg sie aus ihren Kleidern, legte sich zu dem Sterbenden ins Bett und wärmte ihren gnädigen Herrn mit ihrem üppigen Körper.

Etwas später flüsterte sie ihm zu: „Du bist die einzige Liebe meines Lebens", und erschrak selbst dabei, dass sie erstmalig und zum einzigen Mal ihn so persönlich ansprach. Tapfer fuhr sie fort: „Ich habe nur einen

Wunsch: Versöhne Dich mit Elzbetha. Sie wartet unten. Darf sie zu Dir kommen?"

Sie sah in seine erschreckten, vor Angst geweiteten Augen, vernahm sein Röcheln: „Zu spät".

Dann drang ein gedämpfter Schrei aus seinem Mund: „Elzbetha!"

Die Tochter hatte diesen Ruf vernommen, eilte die Treppe hinauf und stürzte in das Zimmer ihres Vaters.

Er war soeben in den Armen von Luba Jurschenka, seiner und ihrer Mamuschka, gestorben.

Gestern und heute

Karin Felten war im August 2011 wieder nach Litauen gereist. Nun hatte sie schier atemlos zugehört und mit keinem Wort die Schilderungen von Elzbetha von Drewitz unterbrochen. Beide hatten nochmals die Schule in Sernai besichtigt, dann gingen sie in den Park und Tante Elzbetha erzählte, was sich viele, viele Jahre zuvor in diesem Haus mit ihrem Vater ergeben hatte.

„Ich bin Dir sehr dankbar, dass Du mir diese Geschichten unserer Familie erzählt hast. Schließlich ist Dein Vater auch mein Großonkel", sagte Karin und fuhr dann fort: „Dein Vater war ja ein ganz schöner Despot. Dickköpfig, uneinsichtig und halsstarrig bis zum Geht nicht mehr."

„Nein, das war er bestimmt nicht. Gewiss, er war Gefangener der Familientradition", erwiderte Tante Elzbetha. „Aber er war ein sehr liebenswerter Mensch. Alles, was er damals getan hat, tat er aus Liebe. Er liebte mich über alles."

„Na, höre mal", fuhr Karin dazwischen, „er wollte Dir einen Ehemann aufzwingen und als Du seinem Befehl nicht folgtest, warst Du für ihn gestorben. Nennst Du das etwa Liebe?"

„Er tat es aus Liebe zu mir. Er war zutiefst überzeugt, dass sein Handeln nicht nur richtig, sondern die einzige Möglichkeit war. Ich habe damals gefehlt. Ich habe ihm nicht vertraut. Er hat sehr darunter gelitten."

Karin Felten wollte diese Sichtweise nicht teilen: „Denkst Du heute so, weil Du Dich schuldig am Tod

Deines Vaters fühlst? Hättest Du etwa jemanden heiraten sollen, den Du überhaupt nicht liebtest? Hättest Du Dich in eine Ehe zwingen lassen sollen, nur damit Dein Vater seinen Willen behält, zufrieden ist und seine Interpretation der Familientradition erfüllt wird?"

Elzbetha von Drewitz schaute versonnen über den See am Fuß des Hügels, stand dann auf und schlug vor: „Komm, lass uns ein wenig am See spazieren. Beim Laufen redet es sich leichter und man kann besser andere Standpunkte einnehmen."

Sie hakte sich bei Karin ein und erklärte ihre Sichtweise:

„Es ging nie um die Zufriedenheit meines Vaters, sondern um mein eigenes Lebensglück. Mein Vater wollte nur mein Glück. Er war damals schon recht alt. Er dachte über seinen Tod hinaus, wollte mir Sicherheit und den besten Menschen der Welt als Partner geben.

Ich war damals noch blutjung, fast zehn Jahre jünger als Du heute. Was wusste ich von der Liebe? Ich schwärmte für Alexander und diese Zuneigung hielt keine sechs Monate.

Damals konnte ich meinen Vater nicht verstehen, hielt ihn für rückständig und halsstarrig, genauso wie Du ihn vorhin beschrieben hast. Heute bin ich fünfzig Jahre älter. Es sind Wissen und Erfahrungen hinzugekommen. Wenn ich die damals schon gehabt hätte, hätte ich ohne Zögern meinem Vater zugestimmt.

Gewiss, in unserer heutigen Welt würde es kaum jemand akzeptieren, wenn die Eltern für ihre Kinder den Ehepartner auswählen. Vor einigen Jahren hat mir ein-

mal ein alter Chinese, der für ein Jahr Gastprofessor an unserer Universität war, folgendes erklärt:
'Ihr Europäer haltet uns Chinesen für barbarisch und altertümlich, wenn bei uns die Eltern den Ehepartner für ihr Kind bestimmen. Bei Euch in Europa suchen sich die jungen Leute schon recht früh ihren Liebespartner aus und tun alles, was eigentlich der Ehe vorbehalten ist. Das, was sie für Liebe halten, brennt in ihnen wie ein heißes Feuer, verbrennt sie vielleicht bereits vor der Eheschließung. Dann heiraten sie, die Glut der Gefühle ist noch da, aber erkaltet schnell und im Laufe der Ehe wird es zwischen den Partnern immer kälter, immer kälter, bis sie eines Tages den Kältetod sterben. In unserer Tradition ist es umgekehrt. Die Eheleute lernen sich vielleicht erst auf ihrer Hochzeit kennen, die Beziehung ist noch recht kalt. Im Verlaufe der Ehe wird es aber immer wärmer und das heiße Feuer der Liebe brennt bis ins hohe Alter."

„Ein schönes Bild", stimmte Karin zu. "Aber wo bleibt da die Freiheit des Individuums? Ein aufgezwungener Ehegatte kann doch bestimmt keine freie Entscheidung fürs Leben sein."
Elzbetha lächelte: „Sicherlich, da hast Du recht. Wie war es aber bei mir? Was wollte mein Vater? Welche Motive bestimmten sein Handeln?

Ich hatte eine wunderbare Kindheit und Jugendzeit. Meinem Vater ging Freiheit über alles und er hat mich als sehr freien Menschen erzogen. Ich konnte alles in meinem Leben selbst bestimmen, nur in einem entscheidenden Punkt nicht.

Freiheit entsteht nur durch Verantwortung. Wer verantwortungslos handelt, verwechselt Freiheit mit Frechheit.

Mein Vater hat nur einen gewichtigen Punkt meines Lebens, die Eheschließung, zur Pflicht erklärt. Er hätte ebenso meine Berufswahl oder die Wahl meines Wohnortes zur Pflicht erheben können. Ihm kam es darauf an, dass ich dieser einzigen Pflicht nachkomme, damit Verantwortung beweise und nur durch die wahrgenommene Verantwortung wahre Freiheit erreiche. Ich bin damals dieser Verantwortung nicht gerecht geworden. Und dies allein war für meinen Vater das Entscheidende, was ihn zur Verzweiflung trieb. Nämlich seine ihn beherrschende Sorge, ich könnte auch bei den vielen anderen Dingen des Lebens fehlen, keine Verantwortung übernehmen und dann nie und nimmer ein freier Mensch werden.

Er hat mich in dieser entscheidenden Situation in seinen Augen als verantwortungslos, als frech erlebt. Die Frechheit aber ist die Freiheit der Sklaven. Eine Tochter als Sklavin konnte er nie und nimmer ertragen. Deshalb war ich für ihn gestorben. Er wollte mich damals zur Verantwortung zwingen. Dies habe ich später erkannt. Allein deshalb kann ich bis heute als wirklich freier Mensch leben.

Mein Vater hatte keine egoistischen Motive. Es ging ihm nicht um sein Wohl, ihn trieben auch keine materiellen Überlegungen. Dass durch die Eheschließung die beiden Güter zusammen kommen sollten, war nur ein willkommenes Beiwerk. Außerdem haben uns die Kommunisten die Güter schon bald abgenommen. Doch darum ging es nicht! Wenn seine oder meine

Freiheit es verlangt hätten, dann hätte er selbst auf unser Gut Sernai verzichtet."

Frau Felten war nachdenklich geworden, gleichwohl wollte sie ihren Ehemann nie von ihrem Vater bestimmen lassen. Nachdem sie einige Schritte schweigend zurückgelegt hatten, sagte sie: „Herzlichen Dank, dass Du mich in diese sonderbaren Wendungen der Familiengeschichte eingeweiht hast. Das wird uns helfen, die Schule zu retten. Doch Du bist die Tochter, Du hast Deinen Vater sehr geliebt und bist bestimmt nicht neutral. Gibt es noch jemand anderen aus der damaligen Zeit, der mit etwas mehr Abstand die Dinge beurteilen kann?"

Frau von Drewitz musste nicht lange nachdenken: „Sicher, das ist kein Problem. Meine beste Freundin Tatjana Machewsky und ihr Mann Victor haben damals alles miterlebt. Sie werden Dir gern sämtliche Informationen geben, die Du wünschst. Sie wohnen da drüben, knapp fünfhundert Meter vom Gutshaus entfernt. Wir gehen sie sofort besuchen."

Victor und Tajana Machewsky empfingen die beiden Frauen voller Herzlichkeit. Nachdem eine große Kanne Kaffee aufgebrüht war, weil es sich beim Kaffee leichter reden lässt, bat Frau von Drewitz das befreundete Ehepaar alle Fragen von Karin Felten offen zu beantworten. Alles zu berichten, was sie wüssten, auch wenn es für sie selbst nicht schmeichelhaft sein sollte.

Frau Machewsky war dazu allzu gern bereit. Niemand im Dorf hatte vor fünfzig Jahren verstanden, dass Elzbetha dem Willen ihres Vaters nicht folgte und in die

Heirat mit Borris von Gersky nicht einwilligte. Viele gaben ihr die Schuld am Tod ihres Vaters und machten davon gegenüber Elzbetha von Drewitz auch kein Hehl. Deshalb hatte sie es nach dem Tod des Vaters so schwer, von der Dorfgemeinschaft anerkannt zu werden. Es dauerte über zehn Jahre, bis auch der letzte Dorfbewohner ihr die zuneigende Anerkennung und Achtung entgegenbrachte, die er einst auch für den Vater empfand. Aber heute liebt das ganze Dorf Elzbetha. Alle folgen ihr vertrauensvoll – uneingeschränkt. Das Wort der von Drewitz gilt, so wie es seit jeher war.

„Sie waren damals selbst eine junge Frau", wandte sich Karin an Frau Machewsky, „Konnten Sie es verstehen, dass der alte Herr für seine Tochter einen Ehemann ausgesucht hatte und halsstarrig auf eine Heirat bestand?"

„Ja, selbstverständlich", erklärte Tatjana Machewsky unumwunden „und ich habe nie ein Hehl daraus gemacht und bereits damals Elzbetha immer wieder bedrängt, dem Willen ihres Vaters zu befolgen. Leider vergeblich. Meine Freundin ist halt auch eine von Drewitz mit einem festen Willen, selbst wenn es gegen die ganze Welt geht."

Tante Elzbetha nickte lächelnd. Nur Karin Felten schüttelte weiterhin verwundert den Kopf. Daraufhin schickte sich Frau Machewski an, ihre eigene Geschichte als junge Frau zu erzählen.

Sie war 1954 achtzehn Jahre, als ihr Vater für sie Victor Machewsky als Ehegatten bestimmte. Sie willigte selbstverständlich sofort in die Eheschließung ein, zumal sie selbst schon ein Auge auf diesen jungen Mann geworfen hatte, der in seiner Polizeiuniform so adrett und staatlich aussah.

So machte sich ihr Vater auf den Weg ins Herrenhaus, um mit dem gnädigen Herrn die Eheschließung zu besprechen. Ohne den Segen des Gutsherrn hätte dessen Pächter nie und nimmer eine Verheiratung seiner Tochter vorgenommen.

Herr von Drewitz bat seinen Pächter Platz zu nehmen. Doch dieser wollte lieber stehen, weil er dann besser sein Anliegen vortragen könnte. So lehnte sich der gnädige Herr in seinem Sessel zurück, während der Pächter vor dem Schreibtisch stehend verlegen seine Mütze in den Händen drehte und stammelnd seinen Wunsch vorbrachte. Der alte Herr stellte ein paar Fragen und nachdem er alles als wohldurchdacht erkannte, stimmte er der Eheschließung zu. Auch über den Termin der Hochzeit verständigten sich beide rasch.

Als der Pächter immer noch nicht Platz nehmen wollte, um über die Wirtschaft seines Pachthofes zu sprechen und die Mütze aufgeregt in den Händen zerknüllte, stieß er erst nach mehrfachem Befragen verlegen hervor: „Gnädiger Herr, da ist noch die Frage der ersten Nacht."

Der Alte schüttelte den Kopf: „Das wollen wir bleiben lassen. Unser junger Dorfpolizist Machewsky ist ein gesunder, starker Mann. Er wird das schon selbst richten."

„Ist Ihnen, gnädiger Herr, meine Tochter nicht gut genug?" platzte der Pächter allen Mut zusammenfassend hervor.

„Nein, nein, mein Lieber, gewiss nicht", versicherte Herr von Drewitz. „Tatjana ist eine sehr hübsche junge Frau. Ich will aber von der ersten Nacht keinen Gebrauch machen. Selbstverständlich erhält Tatjana vom Gut eine stattliche Aussteuer. Auch die Hochzeit werde ich ausrichten. Es soll gewiss an nichts fehlen."

„Aber darum geht es doch gar nicht", erzürnte sich der Pächter. „Die erste Nacht mit meiner Tochter ist nicht nur Ihr Recht, sondern auch Ihre Pflicht!"

Er als Pächter würde stets seiner Pflicht nachkommen. Den Acker gut bestellen, immer dem Gut als Gespann Führer zur Verfügung stehen und seine beste Stute hätte gerade wieder ein gesundes Fohlen zur Welt gebracht. Nein, er würde stets seine Pflicht tun. Und nun dürfe auch der gnädige Herr seiner Pflicht nicht schuldig bleiben, er müsse die erste Nacht mit seiner Tochter verbringen. Falls der gnädige Herr dies ablehne, würde sich dies schnell herumsprechen. Was sollte dann das Dorf darüber denken? Etwa, dass Zwist zwischen ihren Familien wäre? Oder seine Tochter dem gnädigen Herrn nicht gefallen würde? Und wie sollte er diese Verweigerung seiner Tochter erklären, die doch den gnädigen Herrn so sehr verehrte und ihm so herzlich zugetan war?

Der Vater des gnädigen Herrn hätte doch auch die erste Nacht mit der Frau des Pächters verbracht und es sei eine gute Ehe mit vielen gesunden Kindern geworden. Nun dürfe der gnädige Herr nicht seiner Tochter Tatjana die erste Nacht versagen.

Das war die längste und mutigste Rede, die der Pächter je in seinem Leben gehalten hatte, um das Glück seiner Tochter zu sichern. Der alte von Drewitz spürte darin den Ernst der Situation, die Verzweiflung, die nach seiner Ablehnung seinen Pächter diese Worte finden ließen. So stimmte er zu, eine Nacht mit der Tochter zu verbringen und dankte dem Vater für diese erwiesene Ehre.

Nun endlich nahm der erleichterte Mann Platz. Der gnädige Herr holte eine Flasche Kognak hervor, dem beide gut zusprachen und so ihren Pakt besiegelten. Dann wandten sie sich wichtigeren Dingen zu. Sie sprachen über den Stand der Aussaat des Winterweizens aus dem vergangen Herbst, über die Mast der Schweine und natürlich über das junge Fohlen, das bereits mit der Stute auf der Weide tollte.

Die Hochzeit fand drei Monate später statt; das gesamte Dorf nahm auf Einladung des Gutes daran teil. Dem Brauch entsprechend hielt der gnädige Herr eine kurze Ansprache, öffnete eine mächtige Eichentruhe, die im Saal auf einem Podest stand, und präsentierte allen Gästen die Aussteuer, die die Braut vom Gutshof erhalten hatte. Die Truhe war randvoll gefüllt mit bester Tisch- und Bettwäsche, Ballen von Leinen und Samt, Tücher und andere Stoffe.

Oben auf einer schmalen Leiste in der Truhe, auf der hohen Kante, befanden sich zehn Goldstücke. Üblich waren eher drei bis fünf Goldstücke für die Braut;

Mamuschka hatte jedoch beim Bestücken der Truhe die Anzahl der Goldstücke aus gutem Grund als Belohnung für Tatjana verdoppelt.

Als die Musik aufspielte, gehörte der erste Tanz mit der Braut dem gnädigen Herrn. Er hielt sie fest in den Armen und flüsterte ihr ins Ohr: „Du bist eine wunderschöne Frau. Ich wünsche Dir alles Glück der Welt."

Tatjana erwiderte: „Gnädiger Herr, Sie sind ein großartiger Mensch. Ich danke Ihnen für alles, insbesondere auch für unsere gemeinsame Nacht. Ich werde immer für Sie da sein."

Nach dem Tanz führte der Alte die Braut zum Bräutigam und ermahnte ihn: „Victor, ich bringe Dir Tatjana. Sie ist eine einzigartige Frau, ein wertvoller Mensch. Behandele sie stets gut und fürsorglich, sonst bekommst Du es mit mir zu tun. Kommt sofort zu mir, wenn es Euch an irgendetwas fehlen sollte."

Danach nahm Herr von Drewitz am Tisch der Brauteltern Platz. Sein Pächter bedankte sich überschwänglich. Und schon wenig später nach einigen Gläsern Wein feilschten die Beiden um den Preis des Fohlens, das der gnädige Herr seinem Pächter abkaufen wollte.

Erst am frühen Morgen verließ der Alte müde das Fest und suchte sein Schlafgemach auf. Dort erwartete ihn Mamuschka. Es wurde eine kurze, aber glückliche Nacht.

Während Tatjana Machewsky erzählte, schaute Frau Felten immer wieder deren Ehegatten an. Dieser saß zurück gelehnt, entspannt in seinem Sessel; er lächelte unentwegt. Schließlich konnte Karin Felten nicht länger an sich halten und sprach ihn direkt an: „Was sagen Sie als Ehemann dazu? Fühlen Sie sich nicht betrogen?"

„Wieso betrogen?" lautete die verständnislose Antwort. „Der gnädige Herr hat mir doch nichts weggenommen. Im Gegenteil, ich habe die beste Frau der Welt erhalten. Wir sind nun siebenundfünfzig Jahre glücklich verheiratet und haben vier gesunde Kinder."

„Sind Sie sicher, dass alle Kinder von Ihnen sind?" platzte Frau Felten heraus und entschuldigte sich sofort für ihr ungebührliches Benehmen.

„Sie müssen sich nicht entschuldigen; das ist ein Zeichen von Schwäche, hat der alte Herr von Drewitz immer gesagt", lautete die freundliche Antwort. „Ich habe nie mit meiner Frau über ihre gemeinsame Nacht mit dem gnädigen Herrn gesprochen, denn es gab dafür keinen Grund. Vielleicht ist der gnädige Herr auch der leibliche Vater meines erstgeborenen Sohnes Michalek. Irgendwie sieht er ihm ähnlich."

Victor sah zu seiner Frau hinüber, die herzhaft lachte, und fuhr dann fort: „Sollte ich deshalb Michalek weniger lieben als meine drei anderen Kinder? Nein, Michalek steht mir ganz besonders nahe; ich bin stolz, sein Vater zu sein."

„Ich glaube, ich lebe in einer anderen Welt", wandte sich Karin Felten an Tante Elzbetha, „Du hast sicherlich von allem gewusst und bestimmt geahnt, dass Du vielleicht einen Halbbruder hast."

Selbstverständlich hatte Frau von Drewitz davon gewusst. Sie war hier groß geworden und lebte in dieser Tradition. Sie zeigte zwar Verständnis für die schockierte Reaktion von Karin Felten, vermochte gleichwohl nichts Verwerfliches daran festzustellen.

„Ihr lebt ja im tiefen Mittelalter", ereiferte sich Karin. „Litauen gehört zur Europäischen Union. Habt ihr das überhaupt mitbekommen? Wir haben erhebliche Fortschritte gemacht. Wir haben Gleichberechtigung, Selbstbestimmung, Wahlrecht für Frauen – auch hier in Litauen. In welcher Welt lebt Ihr?"

Tatjana Machewsky konnte ihr Lachen, das alle in Erstaunen versetzte, nicht länger unterdrücken. Schließlich erklärte sie heiter: „Nein, ich habe nie mit jemanden über meine Nacht mit dem gnädigen Herrn und über die wahre Vaterschaft meines Sohnes Michalek gesprochen. Wozu auch? Da dies alles, liebe Frau Felten, für Sie so unverständlich ist, will ich Ihnen gern erzählen, was sich in dieser Nacht wirklich zugetragen hat."

Die junge Tatjana war an dem besagten Tag am frühen Abend im Gutshaus eingetroffen. Sie spürte in sich eine frohe Erwartung, zugleich aber auch ängstliche Anspannung und Nervosität. Sie hatte keinen Gedanken daran verschwendet, sich dieser Nacht zu entziehen. Aber was würde sie erwarten? Wie würde es ihr ergehen? Schließlich war es ihre erste Nacht mit einem Mann und ihr fehlte jegliche Erfahrung.

So begab sich Tatjana zunächst in die Küche zu Mamuschka, die sie herzlich in die Arme nahm, beruhigte und fortwährend über alltägliche Dinge plauderte.

Danach wurde die junge Frau in das Speisezimmer geführt, wo der alte Herr sie bereits erwartete. Der Tisch war festlich für zwei Personen gedeckt und mit prächtigen Blumen geschmückt. Mamuschka hatte ein köstliches Abendessen bereitet, das sie an diesem besonderen Abend persönlich servierte. Ein ausgewählter Wein lockerte die Zungen, nahm dem so ungleichen Paar die Verlegenheit und führte zu einer angenehmen Plauderei.

Schließlich erklärte der gnädige Herr: „Liebe Tatjana, Du bist eine zauberhafte junge Frau und ich täte nichts lieber, als die ganze Nacht mit Dir im Bett zu verbringen. Aber das wäre nicht recht, denn Du bist Victor versprochen, dem Dein Herz gehört. Doch Dein Vater besteht darauf, dass ich meiner Pflicht auf die erste Nacht mit Dir nachkomme. Was soll ich tun? Dein Vater muss doch sein Gesicht wahren können und so habe ich ihm versprochen, dass ich eine Nacht mit Dir verbringen werde. Und das wollen wir auch tun, ohne dass wir das Bett miteinander teilen. Und über unsere gemeinsame Nacht werden wir zu niemanden ein Wort verlieren."

Ob dieser Worte verspürte Tajana einen jähen Stich der Enttäuschung, zugleich aber auch große Erleichterung, die sie herzlich zustimmen ließ. Nun würde sie ihre erste Nacht in wenigen Wochen mit dem Mann teilen, mit dem sie ihr gesamtes weiteres Leben verbringen würde.

Etwas später gesellte sich Mamuschka zu ihnen. Erinnerungen wurden ausgetauscht, viele Anekdoten erzählt, oft und herzhaft gelacht und bis zum Morgen viele gute Flaschen Wein geleert. Nach dem gemeinsamen Frühstück verabschiedete Tatjana sich herzlich und machte sich beschwingt auf den Heimweg. Nun verband sie ein besonders Geheimnis mit dem gnädigen Herrn und ihre erwartungsvolle Neugierde auf ihre erste Nacht sollte schon bald vollständig befriedigt werden.

Alle hatten gebannt zugehört. „Der alte Fuchs hat sein Versprechen gegenüber meinem Schwiegervater eingelöst und zugleich seine eigenen moralischen Werthaltungen nicht verletzt", sinnierte Victor Machewsky amüsiert.

„Gewiss, dies stellt meinen Großonkel in ein etwas anderes Licht", bemerkte Karin Felten nachdenklich. „Aber was mussten denn alle Leute hier im Dorf von ihm denken? Alle haben doch geglaubt, der alte Mann hätte tatsächlich die junge Frau entjungfert".

„Meinen Vater hat nie interessiert, was die Leute von ihm denken. Er lebte nach seinen eigenen, festen Moral-vorstellungen. Er sagte immer: Wenn ich mich nach dem richte, was vielleicht andere von mir denken könnten, dann mache ich mich selbst zum Hampelmann. Dann zieht jeder an der Schnur und ich hampele sofort wild herum, weil ich mich von dem wohlgefälligen Denken anderer abhängig mache und mein eigenes selbstbestimmtes Handeln vergesse. Dann befinde ich mich doch nie in der Wirklichkeit, weil ich immer phantasiere, was andere von mir denken könnten", erklärte Frau von Drewitz.

„Da hat er nicht ganz unrecht", stimme Karin zu und fuhr an Frau Machewsky gewandt fort: „Was hat denn bloß Ihren Vater veranlasst, darauf zu bestehen, dass der Gutsbesitzer die erste Nach mit seiner Tochter verbringen müsste? In welcher Welt lebte er und wohl auch das ganze Dorf hier?"

„In unserer eigenen, guten Welt", schaltete sich Herr Machewsky in das Gespräch ein. „Für einen Außenstehenden mag das alles schwer verständlich sein. Natürlich begrüße ich die Europäische Union. Natürlich kann ich Fortschritte feststellen und bejahe diese ausdrücklich. Aber ist das Grund genug, die alte, über Jahrhunderte bewährte Ordnung zu verdammen? Stellen alle heutigen Neuerungen wirklich Fortschritt dar?"

Herr Machewsky war fast vier Jahrzehnte Polizist, zuständig für den Bezirk mit sieben Dörfern. In keinem Dorf gab es so wenige Übertretungen des Gesetzes wie in Sernai. Der gnädige Herr hat Sitte und Moral vorgelebt, war damit beispielgebender Maßstab und erreichte das Gute in den Menschen. Damals brauchte das Dorf keine Staatsanwälte, keine Rechtsanwälte, keine Richter. Wenn es Probleme, Auswüchse oder Gesetzesverstöße gab, wurde dies dem gnädigen Herrn vorgetragen. Der war kein Jurist, der sprach kein Recht, aber er sorgte für Gerechtigkeit.

Und wie ist es heute?

Eine ganze Heerschar von Rechtsanwälten steht zur Verfügung. Die Zahl der Staatsanwälte und Richter hat sich bestimmt vervierfacht. Gleichwohl kann die Fülle der Streitigkeiten von den Gerichten kaum abgearbeitet werden, alles zieht sich endlos in die Länge. Wenn man Glück hat, wird irgendwann Recht gesprochen, aber Gerechtigkeit gibt es kaum noch.

Ist das Fortschritt?

Früher haben zwei Polizisten in diesem Bezirk Dienst getan. Heute sind es zwölf! Haben wir deshalb nun mehr Gerechtigkeit und weniger Verbrechen? Im Gegenteil, die Zahl der Straftaten ist explodiert. war noch nie so hoch wie heute, obwohl die Einwohnerzahl in diesem ländlichen Bezirk zurück-gegangen ist.

Ist das Fortschritt?

Vor fünfzig Jahren hatte Sernai einen ehrenamtlichen Bürgermeister, das war der gnädige Herr. Er bestand darauf, dass alle vier Jahre Bürgermeisterwahlen stattfanden. Nicht weil das Gesetz es vorschrieb, sondern weil es nach seiner Moral richtig war. Die Wahlbeteiligung betrug jedes Mal hundert Prozent. Auf jedem Stimmzettel stand derselbe Name: Von Drewitz. Bei den heutigen Wahlen herrscht eitle Freude, wenn die Hälfte der Wahlbürger von ihrer Stimmabgabe Gebrauch macht.

Ist das Fortschritt?

Dann die ausufernde Bürokratie. Damals stand dem Bürgermeister ein Schreiber zur Verfügung, der erledigte den gesamten Papierkram. Heute sitzen in der Verwaltung dutzende Personen.

Ist das Fortschritt?

Vor fünfzig Jahren konnten die meisten Dinge des täglichen Lebens im Dorf erledigt werden. Reisen in die Kreisstadt waren nur selten notwendig. In die Landeshauptstadt musste man überhaupt nicht – und wenn, dann nur zum Studium oder zum Vergnügen. Heute wird in Brüssel die Krümmung der Gurken festgelegt. Ein Handwerker hier im Dorf hat bestimmt jährliche Bürokratiekosten von mindestens 20.000 Euro. Er ist heilfroh, wenn sein Gewinn halb so hoch ausfällt.

Ist das Fortschritt?

Heute leben wir in einer globalisierten Welt; eine internationale Krise jagt die nächste. Einige Länder und in unserem Land einige Menschen sind sehr reich geworden, doch zu keiner Zeit gab es in der Welt und ebenso in unserem Land so viele Arme.

Ist das Fortschritt?

Früher lebten wir viel stärker im Einklang mit der Natur. Heute beuten wir unsere Umwelt bis zu deren Erschöpfung aus und erzeugen Atomstrom, dessen verstrahlter Abfall zig künftige Generationen belastet.

Ist das Fortschritt?

Victor Machewsky war überzeugter Europäer. Er konnte jedoch nicht verstehen, dass seine Enkeltochter, die an der Universität Forschungsprojekte bearbeitete, etwa die Hälfte der EU Forschungsgelder für die Erledigung der Bürokratie ausgeben musste. Sicher, die Europäische Union hatte viel Gutes gebracht, viele Millionen Euro ins Land gespült. Die Infrastruktur wurde ausgebaut, Häuser renoviert und Groß-unternehmen erhielten millionenschwere Subventionen, um neue Maschinen zu kaufen und damit Arbeitsplätze abbauen zu können. Dagegen kamen die kleineren Unternehmen, die wirklich Arbeitsplätze schafften, nie in den Genuss des Geldsegens aus Brüssel.

Ist das Fortschritt?

Herr Machewsky konnte viele weitere Beispiele aufzählen, ebenso erkannte er die vielen Vorteile und Verbesserungen, die die neue Zeit gebracht hatte. Er wollte bestimmt nicht in die Vergangenheit zurück; aber er wollte auch nicht die alte Zeit in Bausch und Bogen verdammen lassen. Ihm ging es auf keinen Fall darum, die extremen Sitten und Bräuche von einst wie Bestimmung des Ehepartners oder Recht der ersten Nacht wieder zu beleben. Dies waren nur überzeichnende Beispiele, die heute bedeutungslos waren. Er meinte jedoch, das Bewährte von gestern sollte mit den brauchbaren Neuerungen für die Gestaltung der neuen Zeit verbunden werden.

Frau Felten gestand zu, dass es noch viele Missstände gäbe, an deren Beseitigung gearbeitet werden müsste. Aber dies dürfte auch nicht zur Glorifizierung der Feudalherrschaft führen, die einst in Sernai an der Tagesordnung war.

„Nun gut, dann hatten wir damals eine Feudalherrschaft, wie Sie sich auszudrücken belieben," erwiderte Victor. „Danach bekamen wir den Kommunismus, der uns das Arbeiterparadies versprach. Doch schon bald verloren wir unsere Freiheit vollständig und wurden von Parteifunktionären beherrscht, unterdrückt und geknechtet. Dann ist mir schon der alte Feudalherr von Drewitz tausendmal lieber gewesen. Jetzt haben wir zum Glück eine Demokratie; letztendlich werden wir aber von einer Heerschar anonymer Bürokraten verwaltet und tatsächlich liegt das wirkliche Sagen bei den Funktionären, Lobbyisten und einer Handvoll Großkapitalisten.

Bitte verstehen Sie mich nicht verkehrt, ich will unbedingt die Demokratie. Aber was wäre schon falsch daran, wenn wir in unserem demokratischen System die Sitte und Moral einführten, die vor fünfzig Jahren in Sernai bestimmend war? Was könnte daran falsch sein, wenn unsere Eliten in Politik, Wirtschaft und Wissenschaft die Moral aufbrächten, die Gutsbesitzer von Drewitz einst vorlebte? Wäre es nicht gut, wenn unsere heutigen Eliten unser aller Vorbild wären, wie der gnädige Herr es für uns alle gewesen ist?"

Frau Felten schwieg. Sie hatte in diesen Tagen in Sernai die krassen, schier abenteuerlichen Beispiele des damaligen Lebens im Dorf und des Verhaltens ihres Großonkels erfahren. Die Festlegung des Ehepartners durch die Eltern und das Recht der ersten Nacht lehnte sie vehement ab. Das waren bestimmt keine Themen für Gegenwart und Zukunft. Aber das Brauchbare und Gute von damals in die heutige Zeit zu retten und so ein gutes System für morgen zu entwickeln, diesen Gedanken konnte sie viel abgewinnen. So pflichtete sie gern zu und bekannte: „Ich habe noch so viel zu lernen und bin zutiefst dankbar, dass Sie mir hierzu in Sernai die Gelegenheit geben und mir meine eigenen Wurzeln sichtbar machen."

„Das wichtigste Gut ist unsere Freiheit, die vor allem müssen wir heute und für die Zukunft unserer Kinder retten", stellte Frau von Drewitz fest. „Bestimmt gab es bei uns früher starke Abhängigkeiten untereinander und insbesondere vom Gutsbesitzer, von meinem Vater. Aber ich habe den Eindruck, dass wir damals viel sozialer miteinander umgingen und irgendwie auch freier lebten. Wir konnten reisen, wohin wir wollten. Wir konnten stets offen unsere Meinung äußern; Tatjanas Vater konnte sogar den übermächtigen Gutsbesitzer an seine Pflichten erinnern.

Selbstverständlich war diese Freiheit abhängig von der Persönlichkeit des Menschen, der die Machtfülle in seinen Händen vereinigte. Ich stelle es mir jedenfalls grausam vor, von einem Diktator abhängig zu sein.

Dann raubten die Kommunisten uns unsere Freiheit vollständig. Auch die haben wir schließlich vor zwanzig Jahren überwunden. Nun leben wir in einer freien Demokratie, jedoch kann ich kaum erkennen, dass unsere Freiheit heute so viel größer ist, als zu Lebzeiten meines Vaters. Sind nicht heute viele Menschen ebenso abhängig? Zwar nicht mehr von ihrem Nachbarn, jedoch von einer anonymen Sozialbürokratie. Gibt es nicht heute die neuen Feudalherren, der Konzerne, der Banken, der Parteifunktionäre, der Lobbyisten und des Großkapitals, die keiner kennt, aber die über unser Schicksal bestimmen?

Und wie frei verhalten wir uns als Bürger? Wir haben die größte Not und arges Elend überwunden, materiell geht es uns gut. Eigentlich sind wir nun frei für die Freiheit. Aber können wir damit umgehen? Oder verhalten wir uns diesbezüglich wie mit einem Kleidungsstück, das uns viel zu groß ist?"

In diesem Zusammenhang berichtete Frau von Drewitz schließlich auch über das Testament ihres Vaters.

Der alte Herr hatte schon frühzeitig die Gefahren des Kommunismus erkannt und konnte doch kaum etwas dagegen setzen. Seine alles überschattende Sorge galt dem Verlust der persönlichen Freiheit.

In seinem Testament, dass vier Wochen nach dem Tod von Hermann von Drewitz von einem Notar, der extra aus Vilnius angereist war, eröffnet wurde, verfügte er, dass Luba Jurschenka ein kleines Haus und eine Rente Zeit ihres Lebens aus einem extra dafür angelegtem Kapital erhalten sollte. Seine Tochter erbte das Herrenhaus des Gutes und ein ansehnliches Barvermögen. Das Gut selbst mit seinen Ländereien und den Wirtschaftsgebäuden vermachte der Erblasser dem Staat und gab dafür folgende, testamentarische Begründung: Die Kommunisten herrschen in unserem Land. Sie werden uns unserer Freiheit berauben. Als erstes werden die Großunternehmer und Gutsbesitzer enteignet. Für mich ist solche staatliche Willkür und Unfreiheit unerträglich, auf keinen Fall akzeptabel. Ich lasse mich zu nichts zwingen. In Ausübung meiner Freiheit verstaatliche ich mich deshalb selbst und vermache das Gut, mein und das Lebenswerk meiner Vorfahren, dem Staat.

Das Testament wurde von einem Gericht wegen der Unsittlichkeit der eigenen Verstaatlichung für ungültig erklärt und Elzbetha von Drewitz gerichtlich als Alleinerbin eingesetzt. Diese bedachte Mamuschka so, wie es der Vater vorgesehen hatte. Sie selbst wurde im Grundbuch eingetragene Eigentümerin des Gutes – allerdings nur für ganze sechs Monate. Denn sie wurde ohne jegliche Entschädigung enteignet, ihr gesamter Besitz wurde verstaatlicht.

Nach dem Fall des Kommunismus hätte Frau von Drewitz das Gut zurückerhalten können. Die Rückübertragung war jedoch nach geltendem Recht an der Bedingung geknüpft, dass sie ihre deutsche Staatsbürgerschaft aufgeben und die litauische Staatsbürgerschaft hätte annehmen müssen.

Diesem Zwang zur Verleugnung ihrer Wurzeln, dieser Unfreiheit wollte sich Frau von Drewitz nicht beugen. Sie verzichtete auf die Rückübertragung des Besitzes. Ihr wurde jedoch ein unentgeltliches Nutzungsrecht für das Herrenhaus und den angrenzenden Park vertraglich zugesichert, um hier eine Schule zu betreiben.

Nun ging es Frau von Drewitz ausschließlich darum, die Freiheit ihrer Schule zu erhalten und vor der bereits beschlossenen Schließung zu bewahren.

„Dazu finden wir bestimmt eine Lösung. Wir sind nun zu zweit; Gemeinsamkeit macht stark", versicherte Karin Felten. „Ich habe von Euch so viele Informationen zu unserer Familie, zu Dorf und Schule von Sernai erhalten, die nicht nur meine Neugierde befriedigten, sondern aufzeigten, welcher Geist diese Schule prägt, welche übergreifenden Ziele die Bildung junger Menschen verfolgen muss. Dies alles bestärkt meinen abenteuerlichen Rettungsplan. Er wird bestimmt gelingen."

Sie wurde mit Fragen überhäuft, etwas von ihrem Rettungsplan Preis zu geben.

„Das ist noch mein Geheimnis," erwiderte sie darauf nur mit schelmischem Lächeln. „Bitte vertraut mir. Schließlich bin ich auch eine von Drewitz mit einem starken Willen und ausgeprägtem Hang zu schier abenteuerlichen Vorgehensweisen."

Da die Fragen jedoch nicht nachließen, wollte Karin Felten nur so viel zu ihrem geheimnisvollen Plan verraten:

Bei ihrem ersten Besuch der Schule im April entdeckte sie in einem Klassenzimmer ein Buch mit Sagen des legendären König Arthur. Dies vermittelte ihr die Idee zur Rettung der Schule.

Eine der Sagen handelt von einem jungen Prinzen, dessen Vater in einer Schlacht gefallen war. Die Mutter zog daraufhin mit dem kleinen Knaben in eine Kate in einem einsamen Wald, um ihn von der gefährlichen Umwelt abzuschirmen. Hier wuchs der Sohn in großer Freiheit heran, durchstreifte die Wälder und lernte von der Natur, insbesondere von den vielen Tieren des Waldes. Als Jüngling drängte es ihn jedoch hinaus in die Welt. Die traurige Mutter steckte den jungen Mann in ein Narrenkleid, um ihn vor allen Unwillen zu schützen. Mit einem Narren würde gewiss niemand den Kampf aufnehmen und damit sich selbst zum Narren machen wollen.
Auf seiner Wanderung gelangte der Jüngling schon bald an einen mächtigen Felsen, in dem tief bis zum Griff das sagenhafte Schwert Excalibur hinein getrieben

war. Derjenige, der das Schwert aus dem Felsen herausziehen konnte, sollte König von Britannien werden. Schon viele mächtige Ritter und Adelsleute hatten dies versucht – alle waren gescheitert. Nun machte der als Narr verkleidete junge Prinz sich an diese nicht zu bewältigende Aufgabe.

Er rief sich alle Tiere des Waldes in Erinnerung, machte sie zu seinen Verbündeten und vereinte sich mit ihren Kräften und besonderen Stärken: Den scharfen Blick des Adlers, der Listigkeit des Fuchses, der Kraft des Bären, der Ausdauer des Wolfes, der Weisheit der Eule, der Überlegenheit des Hirsches. Vereint mit diesen Kräften vermochte er, was Hunderte zuvor nicht geschaffen hatten, zog das Schwert aus dem Felsen und wurde kluger König von Britannien.

„Genau das ist mein Rettungsplan für die Schule", begeisterte sich Karin Felten. „Wir dürfen uns nicht fürchten, selbst zum Narren zu werden und müssen so einen irrwitzigen, schier undenkbaren Weg einschlagen. Dann holen wir uns mächtige Verbündete aus Brüssel und allen Ostseeanrainer-Staaten, vereinen uns mit ihren Kräften und retten mit einem Schlag die Schule.

Unsere Anwälte haben eine einstweilige Verfügung mit aufschiebender Wirkung erreicht, wir haben also genügend Zeit. Bereits in sechs Monaten werden wir meinen abenteuerlichen Plan realisieren. Ich verspreche Euch, es klappt – Ihr alle werdet dabei sein."

Heute und morgen

Der große Kongress der Bildungsminister der elf Ostseeländer mit dem Bildungskommissar der Europäischen Union begann im Februar an einem Nachmittag in Vilnius. Nach verschiedenen Begrüßungsansprache, die inhaltlose, wohl gesetzte Worte vermittelten, und Klärung protokollarischer Fragen begannen die Beratungen eines bildungspolitischen Strategieprogramms für den gesamten Ostseeraum. Die Brüsseler Generaldirektion hatte dazu einen Entwurf vorgelegt, der über 150 Seiten umfasste. Darin waren die vielen Stellungnahmen der einzelnen Länder sowie Ergebnisse von Expertenanhörungen bereits eingearbeitet. Ein Meisterstück der diplomatischen Formulierungskunst, die vieles umschrieb, andeutete, relativierte und möglichst konkrete Festlegungen vermied. Gleichwohl entspann sich in Vilnius eine äußerst lebhafte Diskussion.

Bildungspolitik war Angelegenheiten der einzelnen Staaten, in einzelnen Ostseeländern gar die Kompetenz deren Bundesländer – beispielsweise in Deutschland. Insofern musste sich die Generaldirektion Bildung der Europäischen Kommission auf eine Moderationsfunktion, finanzielle Anreize sowie Förderungen des internationalen Austausches beschränken. Sorgfältig achteten die Mitgliedsstaaten darauf, dass die Kommission ihre Kompetenzen nicht überschritt. Es kam hinzu, dass im Ostseeraum neben acht EU Mitgliedsländern mit Belarus, Russland und Norwegen auch Nicht-Mitglieder einbezogen waren, die unbedingt für eine gemeinsame Ostseepolitik gewonnen werden mussten. Insofern betraf die erste dreistündige Beratungsrunde weniger bildungspolitische Fragen, vielmehr politisches Taktieren, Suche nach Verbündeten, Auslotung eines Minimalkonsens sowie einen Kuhhandel der Art, dass jeweils den Punkten zugestimmt wurde, von denen das jeweilige Land sich die größten Vorteile, insbesondere weiteren Geldsegen aus Brüssel, versprach.

Gleichwohl bewertete der EU Kommissar die Tatsache, dass die bildungspolitischen Spitzen des gesamten Ostseeraumes vertreten waren und miteinander sprachen, als grandiosen politischen Erfolg. Für die Fortsetzung der Beratungen kündete er seinen lieben Kolleginnen und Kollegen eine Überraschung an. Denn der litauische Bildungsminister hatte gemeinsam mit seiner Kabinettschefin, Frau Karin Felten, für den nächsten Tag eine Schule als Tagungsort ausgewählt. Schließlich sei es entscheidend, nicht über, sondern mit den Menschen zu sprechen und dies sollte am zweiten Kongresstag in einer kleinen Dorfschule geschehen.

Ob dieser Vorgehensweise herrschte zwar allgemeine Verwunderung bei den Teilnehmern, es erhob sich jedoch kein Widerspruch. Das Erstaunen nahm zu, als die Konferenzteilnehmer am nächsten Morgen gegen 9.30 Uhr die Dorfschule Sernai erreichten und das ehemals stattliche, nun jedoch etwas heruntergekommene Herrenhaus erblickten. Fast alle waren darauf eingestellt, als Tagungsort ein aus europäischen Mitteln finanziertes, hoch modernes Schulgebäude mit der allerbesten Ausstattung zu erleben, damit der Bildungskommissar allen eindrucksvoll vor Augen führen könnte, welchen Segen die Europäische Union brachte und deshalb auch mehr Kompetenzen in der Bildungspolitik erhalten müsste. Einige hatten auf der Hinfahrt bereits Allianzen geschmiedet, wie sie in den Genuss zusätzlicher Gelder aus Brüssel gelangen könnten, ohne dafür mit Kompetenzverlusten bezahlen zu müssen. Andere hatten überlegt, wie viele Millionen aus Brüssel sie für die Zustimmung zu der Strategie des Bildungskommissars und seiner eloquenten Kabinettschefin fordern könnten.

Nun erlebten sie beim Rundgang durch das ehemalige Gutshaus eine stark veraltete, recht bescheidene Einrichtung. Diese kleine Dorfschule löste zunehmend Verwunderung und deutliches Kopfschütteln aus. Spielte doch ein solches Relikt aus längst vergangenen Zeiten angesichts hochmoderner, großer Schulkomplexe mit raffinierter High-Tech-Ausstattung, die sie in ihrer Bildungspolitik als vorrangiges Ziel verfolgten, längst keine Rolle mehr. Als einzig Positives nahmen die Besucher die Fröhlichkeit der Kinder in allen Klassenräumen wahr. Die Freude am Lernen, die sie glaubten erkennen zu können, passte so gar nicht in ihr Bild, das sie mit einer längst der Vergangenheit angehörenden Dorfschule mit unzulänglichen Gebäuden und ärmlicher Ausstattung verbanden.

Die Konferenz fand ihre Fortsetzung in einem sehr großen Raum, dem man mit viel Phantasie ansehen konnte, dass es sich um das einst gute Zimmer des Herrenhauses handelte. Nach einer kurzen Begrüßung erteilte der litauische Bildungsminister der Kabinettschefin des EU Kommissars, Karin Felten, das Wort.

Frau Felten fasste mit klugen, sehr persönlichen Worten zusammen, was sie selbst bei ihren Besuchen im vergangenen Jahr in Sernai erfahren und gelernt hatte. Sie skizzierte die Geschichte der Familie von Drewitz und bekannte freimütig, selbst ein Teil dieser Familie zu sein. Sie leitete daraus den bildungspolitischen Auftrag ab, die eigenen Wurzeln des Individuums und der Gemeinschaft zu erkennen und zu fördern, um Lebenstüchtigkeit zu vermitteln, denn ohne Wissen um die Herkunft könnte es keine Zukunft geben.

Geschickt arbeitete sie die Werthaltungen und Ordnungen der Dorfgemeinschaft heraus und wie damals ein selbstverständliches, natürliches Lernen nicht nur der Kinder in der Schule, sondern eingebettet in der Gemeinschaft aller Dorf-bewohner stattfand. Sie erntete erstes zustimmendes Nicken als sie als herausragendes bildungs- und gesellschafts-politisches Entwicklungsziel ein Leben in Freiheit durch wahrgenommene Verantwortung deklarierte. Schließlich skizzierte sie kurz, wie es zu der Gründung der Schule vor fünfzehn Jahren gekommen war und schloss ab mit einer grundsätzlichen Strategie, die das Bewährte von gestern mit den Innovationen und Herausforderungen von heute in einem harmonischen Bildungsprogramm für morgen verband, das sie als konservativ in den grundlegenden Zielen und progressiv in den Maßnahmen bezeichnete.

Die Zuhörer wussten zwar immer noch nicht, wohin das Ganze führen sollte, Frau Feltens persönlichen Ausführungen und die Leidenschaft ihrer Worte hatte sie jedoch erreicht, geöffnet und neugierig gemacht. So lauschten sie mit Aufmerksamkeit und wachsendem Interesse dem nun folgenden Auftritt der Schuldirektorin.

Zum Erstaunen ihrer Zuhörer vermittelte Frau Elzbetha von Drewitz kein ausgeklügeltes pädagogisches Konzept.

Sie erzählte Geschichten aus ihrer Schule.

Geschichten, wie sie und die Schüler erlebten, das Lernen Freude macht, Neugierde weckt, öffnet und Fröhlichkeit bewirkt.

Geschichten, wie die Dorfbewohner in den schulischen Alltag selbstverständlich einbezogen wurden und was ein Künstler aus dem Dorf von den Kindern bei der unentgeltlichen Erteilung des Kunstunterrichtes lernte.

Geschichten von Bauern, die Eltern, Großeltern und Lehrkräfte zu Gärtnern machten, die eine Saat aussäen, pflegen und Wachstum fördern.

Geschichten eines Handwerkers, der nachmittags mit den Kindern Teiche im Dorf anlegte und lehrte, von der Natur zu lernen.

Geschichten älterer Schüler, die im Kindergarten Aufsicht übernahmen oder an Nachmittagen anderen Schülern bei den Schulaufgaben halfen und durch Lehren lernten.

Geschichten, wie Schüler mit anfänglichen Schwierigkeiten beim Rechnen plötzlich im Werkunterricht beim Bau von Holzkisten für die Aufbewahrung von Spielzeug des Kindergartens zu wahren Rechenkünstler wurden.

Geschichten über die Paradoxie der Bildung, dass gute Ergebnisse sich nur auslösen, nicht aber erzwingen lassen und wie daraus an der Schule Lehrkräfte zu Lernenden wurden und Schüler, die lernen, dann das Ergebnis waren.

Es reihten sich Anekdoten, Erinnerungen und Erzählungen aneinander, bis schließlich die Direktorin die Geschichte erzählte, dass die Lehrkräfte der Schule, die festangestellten wie die vielen ehrenamtlichen aus dem Dorf, allesamt zu Brandstiftern geworden waren. Die Zuhörer glaubten sich verhört zu haben, doch Frau von Drewitz wiederholte: „Wir alle sind Brandstifter" und zitierte dazu den Schriftsteller, Arzt, Lehrer und Mönch Francois Rabelais: „Kinder sind keine Fässer, die gefüllt, sondern Flammen, die entzündet werden wollen."

Die Zuhörer spendeten begeistert Beifall, der kaum enden wollte. Frau von Drewitz hatte in dieser halben Stunde nicht über moderne Pädagogik gesprochen, vielmehr die einzigartige Pädagogik dieser Schule praktiziert. Sie hatte den indirekten Weg gewählt, nicht die Erzielung eines bestimmten Ergebnisses erzwungen, sondern das Entstehen von Ergebnissen bei den Zuhörern ausgelöst. Sie hatte nicht mit rationalen Argumenten die Köpfe angesprochen, sondern Bilder vermittelt und Gefühle aktiviert und so die Herzen der hochgestellten Persönlichkeiten im Sturm erobert.

Wie in einem willkürlich gedrehten Kaleidoskop zogen weitere bunte Bilder vorüber.

Ein junger Mann erhob sich, stellte sich als jüngster Professor Litauens vor und erklärte, dass er diese

Schule besucht habe. Bei seiner weiteren Schulausbildung und an der Universität sei zwar viel Faktenwissen hinzugekommen, jedoch Lernen zu lernen und persönliche soziale Kompetenz habe er nur hier erhalten.

Eine Frau trat nach vorne, bekannte abwechselnd im fließenden Litauisch, Polnisch und Englisch, sie sei bei der Post angestellt und habe ihre perfekten Sprachkenntnisse nur im Kindergarten und später im Unterricht an dieser Schule gewissermaßen spielerisch gelernt.

Ein anderer Mann berichtete, dass er die beiden ersten Schuljahre in einer großen Schule in der Kreisstadt verbracht hatte. Er sei ein schlechter Schüler gewesen, empfand sich als ständiger Versager, fühlte sich nicht dazu gehörig, aus-gestoßen, beschämt, gar verletzt. Dann sei er zur Schule nach Sernai gewechselt, habe sich hier wie in einer liebevollen Familie angenommen gefühlt, seine Noten hatten sich verbessert und seine manuelle Geschicklichkeit wurde als besondere Stärke erkannt und gefördert. Heute sei er als selbständiger Handwerker mit nun über vierzig Mitarbeitern erfolgreich.

Eine alte Frau folgte mit dem Bekenntnis, ihr Leben habe wieder Sinn. Mit zunehmenden Alter und körperlichen Schwächen habe sie sich als überflüssig und sinnentleert empfunden. Dann wurde sie von der Schule bei Erziehungsaufgaben ihrer Enkelkinder einbezogen. Diese Auf-gaben übernahm sie danach auch zusammen mit anderen älteren Frauen und Männern für fremde Kinder, wurde so zur Großmutter vieler Kinder und unterstützte insbesondere in der Woche deren Eltern, damit beide Elternteile ihrer Arbeit nachgehen konnten. Errötend fügte sie hinzu: „Unsere Direktorin meint, die Kinder könnten viel von uns Alten lernen. Dabei lernen wir doch viel mehr. Mir haben jetzt die Schüler der dritten Klasse den Umgang mit Personal Computern beigebracht."

Mit schwankendem Gang und tapsigen Schritten ging ein junger Mann mit Down-Syndrom - angetan mit großer Kochmütze und weißer Schürze – zum Mikrophon. Er sah unbefangen lachend die Zuhörer an. Er war auch Schüler an dieser Schule gewesen. Hier hatte er viel gelernt, insbesondere seine Leidenschaft für das Kochen entwickelt. Jetzt war er Hilfskoch im Dorfgasthaus. Aber mindestens einmal in der Woche kam er in die Schule, um mit den Kindern zu kochen. Er sei jetzt auch Lehrer, und zwar fürs Kochen. Und wie gut er mit den Schülern kochen könnte, sollten nun alle selbst feststellen. Denn sie hätten für alle Gäste gekocht und alle seien herzlich eingeladen.

Die Zuhörer waren ergriffen, einzelne wischten sich verstohlen Tränen aus den Augen. Ohne den wahren Grund zu kennen, erkannten nun alle Bildungsminister, warum sie ausgerechnet diese Schule besuchen sollten.

Das anschließende Mittagsessen verlief in entspannter Atmosphäre. Die Gäste wurden von den Schülern aller vier Klassen bedient. Die Kinder verrichteten dies mit angespannter Aufmerksamkeit, zugleich erschien es wie ein fröhliches Spiel. Es gab keinen Erwachsenen, der Kommandos gab. Die Selbstorganisation der über dreißig Schüler erschien fast wie das Gewimmel in einem Ameisenhaufen, doch die gesamte Bedienung verlief so liebevoll und perfekt, dass es keinen Gast gab, der sich nicht mehrfach bei seiner kleinen Bedienung bedankte.

Nach dem Essen marschierte die gesamte Kinderschar angeführt von dem Koch, den die Gäste bereits als Sprecher erlebt hatten, in den Speiseraum und wurde hier mit begeistertem Applaus und Bravorufen gefeiert. Der litauische Bildungsminister bedankte sich beim Koch und allen Schülern herzlich. Als diese den Speiseraum wieder verlassen hatten fuhr er fort: „Ja, liebe Freunde, nun haben sie unsere kleine Dorfschule Sernai erlebt. Leider werden Sie dieses Vergnügen nie wieder haben, denn die Schule muss auf Beschluss der polnischen Mehrheit im Kreistag in Kürze geschlossen werden."

Diese nüchterne Feststellung ohne jegliche Anklage und Schuldzuweisung löste entsetztes Erstaunen aus. Viele laute Fragen schwirrten durch den Raum: Warum denn nur? Was soll denn der Quatsch? Hier wird doch eine großartige Bildungsarbeit geleistet! Kann der Beschluss nicht rückgängig gemacht werden?

Der Bildungsminister hob beschwichtigend die Hände: „Wir nehmen jetzt erst einmal einen guten Kaffee ein und setzen in einer halben Stunde unsere Beratungen fort."

In der Kaffeepause sah man draußen im Park den polnischen Bildungsminister im intensiven Gespräch vertieft mit zwei Herren, die am Vormittag als Vorsitzender des Kreistages sowie als Vorsitzender des Schulausschusses vorgestellt worden waren.

Nachdem die Konferenz ihren Fortgang fand, meldete sich sofort der polnische Bildungsminister zu Wort. Er habe an diesem Vormittag in dieser Dorfschule ein großartiges pädagogisches Konzept erlebt, das bestimmt beispielgebend sein könnte für eine „Schule der Zukunft", die Ziel der Bildungspolitik des gesamten Ostseeraumes sein könnte.

Ein Name war geboren und erntete uneingeschränkten Applaus.
Mit Blick auf seinen litauischen Kollegen fügte der polnische Minister schmunzelnd hinzu. „Wenn auch unser Freund, der Bildungsminister Litauens, etwas spendabler sein könnte, damit das Gebäude renoviert und die Ausstattung verbessert werden kann."
Wieder kräftiger Applaus.

Dann bat er, dass sein polnischer Landsmann ausnahmsweise eine kurze Erklärung abgeben dürfte.

Wieder kräftiger Applaus.

Der Vorsitzende des Kreistages trat schüchtern ans Mikrophon und berichtete angesichts der großen politischen Prominenz aufgeregt: Er sei überzeugter Europäer, die Europäische Union sei ein Segen für sie alle. Dann lobte er Politik und Gesetzgebung in Litauen, die der hier lebenden polnischen Minderheit ein uneingeschränktes Wahlrecht sicherten und damit das Zusammenwachsen Europas nachdrücklich förderten.

Bei den letzten Wahlen habe die polnische Minderheit im Kreistag die Mehrheit erhalten. Der Landkreis sei Träger dieser Schule und mit der Mehrheit seiner Fraktion habe der Kreistag die Schließung der Schule von Sernai beschlossen. Dies sei alles ein großes Missverständnis und er räume ein, dass dieser Beschluss voreilig und nicht tragfähig sei. Niemand in der Fraktion habe diese Schule gekannt und nähere Informationen gehabt. Der Beschluss der Schließung sei ein klarer Fall von Fremdbestimmung, die einfach nicht akzeptabel sei. Er könnte hier vor dem Kreis der bildungspolitischen Spitzen aller Ostseeländer verbindlich erklären, dass der Schließungsbeschluss in der nächsten Sitzung des Kreistages aufgehoben würde. Alle, jeder einzelne von ihnen, würden spätestens in vierzehn Tagen den neuen Beschluss des Kreistages zum Erhalt und zur verstärkten Förderung der Schule von Sernai erhalten.

Der Applaus war überwältigend, Zustimmung und Begeisterung waren grenzenlos.

Als etwas Ruhe einkehrte, übernahm wieder Kabinettschefin Karin Felten die Konferenzregie: „Mit Blick auf die Uhr wird es Zeit, dass wir nun die Beratungen zum Entwurf des bildungspolitischen Konzepts der Generaldirektion wieder aufnehmen."

Doch damit erntete sie keine Zustimmung. Stimmen schwirrten durch den Raum und immer stärker wurde das Verlangen, lieber über die Eindrücke zur Schule von Sernai zu sprechen und welche Konsequenzen sich daraus für die Bildungspolitik des Ostseeraumes ergeben könnten. Ein Wortbeitrag brachte es auf den

Punkt: „Lasst uns an die Worte unseres polnischen Kollegen anknüpfen und über unsere Schule der Zukunft reden!"

„Ganz wie Sie wollen," versicherte Frau Felten lächelnd.

Nun entspann sich eine lebhafte Diskussion, an der sich alle beteiligten. In einzelnen Statements wurden persönliche Eindrücke geschildert und daraus Schlussfolgerungen für die Bildungspolitik formuliert. Karin Felten schrieb in Stichworten die politischen Vorschläge auf einer großen Wandtafel mit. Nach dreistündiger Beratung standen dort unter einer Überschrift zwölf Grundsätze und Ziele für die künftige Bildungspolitik des Ostseeraumes.

Schule der Zukunft

Jedes Kind ist eine einzigartige Schöpfung und hat ein Recht auf einen eigenen Weg. Wir wollen einen individualisierten Unterricht und sämtliche Begabungen fördern.

Jeder Mensch hat mindestens eine Stärke, die gefördert werden muss. An den richtigen Platz gestellt kann jeder so einen wertvollen Beitrag für die Gesellschaft leisten. Wir wollen Niemanden ausgrenzen.

Die ganz jungen Kinder lernen besonders schnell und intensiv. Sie benötigen die meiste

Zuwendung und die besten sowie am besten bezahlten Pädagogen. Wir wollen eine ausreichende Anzahl von Kinder-gartenplätzen und eine verpflichtende, mindestens einjährige Vorschule schaffen.

Erziehung ist zunächst herausragende Aufgabe in den Familien, die gestärkt werden müssen. Die gesamte Familie soll im Kindergarten sowie im Schulunterricht einbezogen werden; dabei kommt insbesondere auch den Großeltern eine wichtige Funktion zu. Wir wollen Schulen als Mittelpunkt des Lebens in den Dörfern und Stadtquartieren, die alle einbinden.

Schulen benötigen eine große Eigenständigkeit. Den Lehrkräften wird das Wichtigste anvertraut, was eine Gesellschaft überhaupt hat: Unsere Kinder. Wir vertrauen den Lehrkräften und erweisen ihnen unsere ausgesprochene Wert-schätzung. Wir wollen eigenverantwortliche Lehrer fördern, die mit großem Engagement unterrichten und intensive Weiterbildungen absolvieren.

Lehrkräfte sind Entwickler, die Freude am Lernen auslösen, Neugierde und Offenheit bewirken und beim Lehren selbst ständig ler-

nen. Wir wollen die Lehrpläne entfrachten und im starken Maße Ganztagsschulen schaffen.

Die Entwicklung von persönlich-sozialer Kompetenz ist genauso wichtig wie die Vermittlung von Faktenwissen. Wir wollen ein möglichst langes gemeinsames Lernen ermöglichen und frühzeitige Selektion und Aufteilung verhindern.

Eine Eliteförderung ist ebenso wichtig wie die gezielte Förderung und vollständige Integration Schwächerer. Wir wollen kleine Klassengrößen schaffen, um individuelle Zuwendung zu ermöglichen und das Lernen voneinander zu unterstützen.

Das Wahlrecht der Eltern ist ein hohes Gut, darf aber nicht dazu führen, dass Schüler in Schul-formen hinein gezwungen werden, die nicht zu ihnen passen. Wir wollen vielfältige Bildungs-wege mit fließenden Übergängen eröffnen, sodass jeder gemäß seinen Begabungen und Neigungen auf unterschiedlichen Wegen zwar, jedoch einen möglichst hohen Bildungsabschluss erreicht.

Die Übergänge zu nächst höheren Schulstufen sowie zur beruflichen Aus-bildung und zur Universität müssen von Eingangsvoraussetzungen und Aufnahmetests abhängig gemacht werden. Wir wollen jedoch durch die Vielfalt der Bildungswege herausragende Chancen für alle eröffnen.

Der Überwertung des rein intellektuellen Bildungsideals muss der eminent allgemeinbildende Charakter einer Bildung gegenüber gestellt werden, die alle Sinne anspricht und alle geistigen, musischen und manuellen Fähigkeiten gleichermaßen fördert. Wir wollen eine ganzheitliche Bildung, die jegliche Form der Gleichmacherei ausschließt.

Die Qualitäts-Steigerung und -Sicherung der Bildung ist von herausragender Bedeutung und erfordert die Festlegung und Kontrolle entsprechender Standards. Wir wollen die Kontroll- und Bildungsergebnisse für die interne Orientierung der Schulen verwenden; sie dienen keinesfalls zur Befriedigung des Ehrgeizes von Eltern.

Nachdem Frau Felten die mitgeschriebenen Diskussionsergebnisse nochmals vorgetragen hatte, wurden darüber abgestimmt. Einstimmig sprachen sich alle

Minister dafür aus, diese zwölf Punkte zum verbindlichen Grundsatzprogramm ihrer Bildungspolitik für den Ostseeraum zu erheben. Gleichzeitig wurde vereinbart, dass der Bildungskongress mit dem EU Kommissar und den zuständigen Minister aller Ostseeländer einmal jährlich stattfinden sollte und dann jedes Land über seine Erfahrungen und Fortschritte mit der Umsetzung des Grundsatzprogramms berichten müsste. Auf diese Weise sollte das in Sernai entwickelte Bildungskonzept ständig kontrolliert, fortgeschrieben und so selbst zu einem lernenden Programm werden.

Der Bildungskongress wurde mit höchster Zufriedenheit aller Teilnehmer beendet. Als danach der Bildungskommissar sich bei Karin Felten persönlich bedankte, trat die deutsche Bildungsministerin hinzu und sprach Frau Felten an: „Ich gratuliere zum Erfolg, Geheimrätin von Holstein. Das haben Sie großartig gemacht. Wenn Sie einmal von Brüssel genug haben, dann sprechen Sie mich bitte sofort an. Ich würde Sie gern als Staatssekretärin gewinnen."

Karin Felten bedankte sich, wollte dann jedoch wissen, was es mit der Geheimrätin von Holstein auf sich habe.

„Nun, Sie kennen doch aus der Weimarer Republik den legendären Geheimrat von Holstein. Er wollte nie in vorderster Reihe stehen, zog jedoch hinter den Kulissen alle Fäden und bestimmte die damalige deutsche Außenpolitik. Und genau das haben Sie auch auf diesem Kongress geleistet."

„Und wie sind Sie zu diesem Schluss gekommen?"

„Ich habe Sie beobachtet", lautete die einfache Antwort. „Sie waren immer angespannt, sehr ernst, voller Aufmerksamkeit und haben sich kaum am Small-Talk beteiligt. Nur zweimal haben Sie gelächelt: Das erste Mal als der polnische Kreistags-Abgeordnete den Beschluss zur Schließung der Schule zurücknahm. Kurze Zeit später das zweite Mal, als alle es ablehnten, das Brüsseler Pamphlet weiter zu beraten. Sie hatten nie vor, das dicke, aber aussagenschwache Papier zur Abstimmung zu stellen. Das war gut so. Nun haben wir zwar kein vollkommenes Programm, aber ein sehr gutes Fundament für die künftige Bildungspolitik. Und es wurde von den Ministern selbst erarbeitet; das ist viel haltbarer und wirkungsvoller, als ein fremdes Programm mit vielen nebulösen Aussagen."

Nachdem alle Teilnehmer abgereist waren, blieben Karin Felten und Elzbetha von Drewitz allein in der Dorfschule zurück. Tante Elzbetha war überglücklich und bedankte sich herzlich bei Karin für die Rettung ihrer kleinen Schule.

„Bedanke Dich nicht bei mir", erwiderte Karin. „Ich bin doch die große Gewinnerin!
Ich habe in Dir meine engste Verwandte und wunderbare Freundin gefunden.
Du hast mir die Wurzeln unserer Familie aufgezeigt.
Gemeinsam konnten wir die Schule im Hause unserer Vorfahren bewahren.
Die für den Ostseeraum so wichtige Bildungspolitik ist einen großen Schritt weiter gekommen.

Mein Kommissar hat mich über den grünen Klee gelobt. Die deutsche Bildungsministerin hat mir das Amt einer Staatssekretärin angeboten. Und der litauische Bildungsminister will mich für die hiesige Landesregierung gewinnen. Was will ich mehr?"

„Eine berufliche Tätigkeit in Vilnius wäre phantastisch", jubelte Tante Elzbetha. „Das passt ja wunderbar zusammen mit einem Plan, den mein Mann und ich heimlich hegen und über den ich gern mit Dir sprechen wollte."

„Dein Mann? Ich wusste gar nicht, dass Du verheiratet bist. Nie hast Du es auch nur mit einer Silbe erwähnt. Wer ist denn der Glückliche?"

„Doch, doch, ich habe ihn erwähnt. Ich habe zwei Jahre nach dem Tod meines Vaters Borris von Gersky geheiratet. Du konntest ihn bislang nicht kennenlernen, weil er leider immer beruflich im Ausland weilte, wenn Du in Litauen warst."

Frau Felten glaubte sich verhört zu haben. „Borris von Gersky? Ist es etwa der Mann, den Dein Vater Dir aufzwingen wollte?"

„Ja, genau mit dem Borris bin ich seit über vierzig Jahren glücklich verheiratet", stellte Tante Elzbetha versonnen fest.

Frau Felten war über alle Maßen überrascht: „Warum in aller Welt hast Du ihn geheiratet? Wolltest Du nachträglich dem Befehl Deines Vaters folgen? Fühltest Du Dich dazu gegenüber der Familien-Tradition verpflichtet?"

Frau von Drewitz lächelte amüsiert: „Deine Fragen zeigen, wie wenig Du mich erst kennst. Nein, Borris ist die große Liebe meines Lebens. Es fing bereits an dem unsäglichen Abend damals in Vilnius an. Borris hat zu mir gehalten und sich gegen meinen Vater gestellt. Er war so besorgt um mein Wohl, so verständnisvoll und hat mich getröstet. In den Jahren des Streites mit meinem Vater war er immer für mich da, ohne ihn hätte ich diese Zeit und dann den Tod meines Vaters nie überstanden. Ich habe festgestellt, wie sehr ich Borris liebe, da habe ich ihm einfach einen Heiratsantrag gemacht mit der Bitte, dass ich meinen Mädchennamen von Drewitz behalten kann. Zu meinem großen Glück hat Borris zugestimmt."

Da Borris von Gersky Litauer war, konnte er nach dem Ende der kommunistischen Zwangsherrschaft das elterliche Gut unschwer zurückerhalten und es fortan bewirtschaften. Etwas später hat er die Ländereien des Gutes von Drewitz günstig dazu gepachtet und so sind die beiden Güter doch noch vereint worden.

„Bei Deinem nächsten Besuch musst Du Borris unbedingt kennenlernen. Er ist ein wunderbarer Mensch", fuhr Tante Elzbetha fort. „Ich habe ihm bereits viel von Dir erzählt und gemeinsam haben wir einen Plan geschmiedet, in dem Du die Hauptrolle einnimmst.

Wir beide haben keine Kinder, Borris hat keinen lebenden Verwandten mehr. Du bist meine engste Verwandte und liebste Freundin. Willst Du nicht ganz als unsere

Erbin nach Litauen kommen und das Gut übernehmen? Ich bin bereits über siebzig, auch die Schule braucht bald eine neue Direktorin. Das schaffst Du spielend neben der Bewirtschaftung des Gutes. Ich traue es Dir uneingeschränkt zu. Und das lässt sich doch ideal mit einem Engagement für die litauische Regierung verbinden."

Karin Felten war überwältigt; ihr traten Tränen in die Augen und sie konnte nur leise stammeln: „Ein unwahrscheinlich großzügiges, einzigartiges Angebot, das mich sehr bewegt und auf Anhieb auch sofort reizt. Ich werde es sehr sorgfältig überdenken."

„Das wäre für Borris und für mich eine große Freude", versicherte Tante Elzbetha und fügte dann schelmisch lächelnd hinzu: „Und als Deine Tante werde ich selbstverständlich auch einen passenden Mann für Dich aussuchen und Deine Verheiratung arrangieren!"

UTOPIA 2025

Text: Jürgen Hogeforster

Graphik: Katrin Seher

Inhalt

Kapitel 1: Hamburg-Elbchaussee gestern

Kapitel 2: Auf der Suche nach Utopia

Kapitel 3: Hamburg-Elbchaussee heute

Kapitel 4: Utopia 2025

Kapitel 5: Hamburg-Elbchaussee morgen

Hamburg-Elbchaussee gestern

‚Die Zeit ist hier stehengeblieben', dachte Peter Hartung, als er die große Halle in der ehrwürdigen alten Villa an der Elbchaussee betrat. Nichts hatte sich verändert. Die Möbel, die Teppiche, die Tapeten – alles war noch genauso wie vor fünfzehn Jahren. Auch Heinrich, der alte Diener, der nun zu ihm trat und nach seinen Wünschen fragte, war immer noch da.

‚Nur fünfzehn Jahre älter ist er geworden', dachte Peter, 'die Haare sind noch grauer und spärlicher, die devote Gestalt noch gebückter, und sehr vergesslich ist er geworden. Er erkennt mich nicht wieder'.

Peter nannte seinen Namen und seinen Wunsch, den Hausherrn, seinen alten Jugendfreund Klaus Kraning, sprechen zu wollen. In den alten Augen des Dienerst blitzte ein freudiges Erkennen auf. Er lächelte – und das will beim alten Heinrich viel heißen -, hob die Hände, so als wolle er Peter mit einer herzlichen Umarmung willkommen heißen. Doch dann besann er sich seiner Stellung und seiner Erziehung, die solche Gefühle nicht erlaubten, beließ es beim knappen, jedoch für ihn umso herzlicheren Willkommensgruß.

Noch ehe Peter antworten konnte, wurde er von Klaus Kraning, der entgegen den ungeschriebenen Gesetzen in diesem Haus dem alten Heinrich in die Halle gefolgt war, mit einem herzlichen „Hallo, alter Junge", begleitet von festem Schulter-klopfen, begrüßt.

Etwas später saßen die beiden Freunde auf der glasgedeckten Terrasse. Peter genoss den ungehinderten Blick durch die große Panoramascheibe auf die Elbe, sah in der hereinbrechenden Abenddämmerung die letzten Segelboote dem Jachthafen untern zueilen. Drüben im Alten Land blitzten die ersten Lichter wie greifbar nahe Sterne auf. Es hatte sich wirklich nichts, aber auch gar nichts verändert.

So als hätte er Peters Gedanken erraten, sagte Klaus Kraning: „Ja, bei uns ist die Zeit stehen geblieben – hier im Hause und überhaupt im gesamten Hamburg."

„Wirklich?", fragte Peter zweifelnd, „fünfzehn Jahre bin ich fort gewesen. Und das ist sicherlich eine lange Zeit, und da ändert sich so manches. Nur den Zurückgebliebenen mag es so erscheinen, dass nichts passiert, nichts Neues hinzukommt."

„Du kennst uns doch, Peter, wir hanseatischen Kaufleute sind sehr beständig. Wir sorgen schon dafür, dass alles in unserem geliebten Hamburg beim Alten bleibt. Aber sag mal, wie ist es dir ergangen? In all den Jahren hast du keinen Brief geschrieben, nicht mal eine Ansichtskarte. Hast du deine Insel Utopia gefunden?"

Überrascht fuhr Peter hoch: „Woher weißt du von meiner Insel Utopia? Ja gewiss, ich habe sie gefunden. Aber da ich dir nie geschrieben habe, bin ich doch sehr erstaunt, dass du mich direkt darauf ansprichst."

Klaus lachte herzhaft: „Hör mal, du wirst alt und vergesslich, alter Junge. Erinnerst du dich nicht an unseren 16. Geburtstag, den wir hier in diesem Haus gefeiert haben? Wir hatten damals in der Schule gerade als Pflichtlektüre Thomas Morus' Utopia durchgenommen. Ich fand das Buch stink-langweilig, an den Haaren herbeigezogen. Eben einfach utopisch und unrealistisch, weil es den guten Menschen, der durch Einsicht handelt, nie gibt, und weil Thomas Morus in seinen Phantastereien gegen alle ökonomischen Gesetze verstößt. Dich hatte Morus' Programm zur Gesellschaftsreform aber gefesselt. Und auf unserer Geburtstagsparty genau hier in diesem Raum hast du mit vielen Whiskys intus theatralisch die Arme ausgebreitet, auf die Elbe gewiesen und ausgerufen: ‚Eines Tages werde ich diesen Fluss hinunter fahren, die Welt entdecken und die

Insel Utopia suchen'! Alle Teenager hingen damals an deinen Lippen, du Frauenheld. Sie sahen dich schon als Abenteurer wilde Meere durchkreuzen."

„Ja, ich erinnere mich", murmelte Peter, „ich hatte es ganz vergessen. Seltsam, mir fällt das Buch von Morus heute wieder zum ersten Mal ein. Dabei habe ich in den vergangenen fünfzehn Jahren wirklich nur Utopia gesucht und gefunden".

„Du musst mir unbedingt davon erzählen. 1998, direkt nach Beendigung unseres Studiums, bist du abgedampft und allen, die später nach dir fragten, habe ich immer nur gesagt: Peter? Der ist irgendwo in der Welt und sucht seine Insel Utopia."

„Scheinbar ist das, was uns in unserer Jugend, so mit 14, 15 oder 16 Jahren, intensiv beschäftigt, bestimmend für unser ganzes Leben. Mich hat jedenfalls Utopia nicht mehr los gelassen."

„Richtig", platzte Klaus heraus, „mich beschäftigten damals schon immer der Handel und das Geldverdienen. Und so musste ich einfach Kaufmann werden, während du die Welt erobern durftest."

„Du musstest Kaufmann werden?", fragte Peter schmunzelnd, „das war doch wohl dein freier Entschluss. Du hättest doch auch mit mir kommen können."

„Du bist immer noch der unverbesserliche Idealist. Sicher, ich musste Kaufmann werden. Wenn man in Hamburg auf der Elbchaussee wohnt, hier nicht nur geboren ist, sondern zig Generationen schon vorher hier lebten und Urgroßvater, Großvater, Vater alles ehrbare hanseatische Kaufleute waren, dann muss man ganz einfach auch selbst Kaufmann werden."

Nachdenklich erwiderte Peter: „Ja, Hamburg und seine Kaufmannschaft – das gehört unlösbar zusammen. Die Kaufleute haben immer schon maßgeblich die Politik bestimmt, die Geschicke unserer Stadt gelenkt und Hamburg groß gemacht. Das wird sicherlich auch künftig und für alle Zeiten so bleiben."

„Da bin ich mir nicht so sicher", entgegnete Klaus spontan, „von Hamburger Größe spüre ich nicht mehr sehr viel. Hier bewegt sich einfach nichts, und auch die Politik ist völlig hilflos."

„Ist unser Notar Henning Voscherau immer noch Erster Bürgermeister?", wollte Peter wissen.

„Ach was, schon lange nicht mehr. Der hätte nach der Wahl 1997 mit den Grünen eine Koalition bilden müssen, um weiter regieren zu können. Das hat er aber nicht übers Herz gebracht und seine Hut genommen. Die Koalition mit den Grünen ist dann sein Nachfolger Ortwin Runde eigegangen. Aber im Herbst 2001 ist dann seit Jahrzehnten wieder die CDU ans Ruder gekommen. Ole von Beust hat damals als erster Bürgermeister eine Koalition mit den Freien Demokraten und der Schill-Partei gebildet. Die hielt nicht lange, dann folgte eine CDU Alleinregierung und schließlich eine Koalition der CDU mit den Grünen. Als Ole von Beust im Herbst 2010 seinen Hut nahm, war danach schnell die CDU Herrschaft beendet. Jetzt haben wir wieder eine Alleinregierung der SPD unter Olaf Scholz. Der macht seine Sache ordentlich, aber die Energiewende, die Wohnungsnot in Hamburg, Elbvertiefung und anderes mehr machen auch ihm ordentlich zu schaffen."

„Halt, langsam!", unterbrach Peter den Redefluss des Freundes, „was ist mit dem Ausstieg aus der Atomenergie? Daran ist doch in unserer Jugend schon Senkrechtstarter Ulrich Klose gescheitert. Wieso gibt es Wohnungsnot in Hamburg? Und was ist denn bloß Schill-Partei?"

Erstaunt, so als hätte er einen Marsmenschen vor sich, der zum ersten Mal die Erde betreten hat, starrte Klaus Kraning den Jugendfreund an. „Du kommst wohl von einem anderen Planeten, was? Also der Reihe nach: Brokdorf, das war vor über 30 Jahren unser jüngstes Atomkraftwerk. Ulrich Klose meinte damals, wir würden es nicht brauchen, weil wir Energie sparen könnten. Doch die gesamte Hamburger Wirtschaft war sich einig: Wenn Brokdorf nicht kommt, dann gehen in Hamburg die Lichter aus. Da nahm Bürgermeister Klose seine Hut."

„Und habt ihr Energie sparen können?", wollte Peter wissen.

„Na klar, jede Menge. Heute könnten wir auf Brokdorf verzichten. Nun hat aber die Bundesregierung den Ausstieg aus der Kernenergie beschlossen. Sehr mutig, vielleicht aber zukunftweisend. Nun steigen aber ständig die Energiepreise und das macht unserer Wirtschaft schwer zu schaffen."

„Mir scheint, so ruhig, wie du sagtest, ging es in Hamburg doch nicht zu", warf Peter ein.

„Nun ja, allein schon die Schill Partei sorgte vorübergehend für genügend Aufregung."

„Was ist denn bloß die Schill-Partei?"

„Richter Gnadenlos Ronald Schill hat sie gegründet, er wollte in Hamburg für Recht und Ordnung sorgen, Kriminalität bekämpfen und die Hamburger jubelten ihm zu. Sie kam auf Anhieb mit 19% der Stimmen in die Bürgerschaft. Ronald Schill wurde Innensenator und zweiter Bürgermeister. Dann versuchte er Bürgermeister von Beust zu erpressen und wurde entlassen. Heute tritt er im Big Brother Container auf, prahlt mit seinen Sexaffären und lässt sich nackt filmen. Heute will kein Hamburger ihn je gewählt haben! Das ist ein besonders trauriges Kapitel unserer Geschichte", erklärte Klaus.

„Ich kenne Hamburg nicht wieder. Ein Bürgermeister als Nacktstar im Fernsehen", stellt Peter Hartung bestürzt fest.

„Na ja, Schill ist nun Geschichte. Dafür haben wir jetzt aber Mehr Demokratie!"

„Richtig, ich erinnere mich gut. Schließlich war ich damals zum Entsetzen vieler Mitbegründer von Mehr Demokratie. Ich war schon immer dafür, dass die Bürger mehr direkten Einfluss nehmen können. Hat sich denn nun Mehr Demokratie in Hamburg bewährt?"

„Ganz wie man`s nimmt", stellte Klaus Kraning nachdenklich fest. „Wir haben jetzt Bürgerbegehren und

Volksentscheide, die selbst das Parlament nicht mehr ändern kann. Wenn sie es geschickt anstellen, können eine Handvoll Menschen die Massen hinter sich bringen und über Politik entscheiden. Vor drei Jahren hatten wir in Hamburg eine Schulreform. Ein agiler Anwalt, der dagegen war, hat einige Mitstreiter mobilisiert und einen Volksentscheid erzwungen. Die Schulreform, die von allen Parteien in der Bürgerschaft beschlossene Sache war, wurde gekippt. Der Erste Bürgermeister Ole von Beust trat zurück und wenige Wochen später musste auch seine Schulsenatorin Christa Goetsch von den Grünen ihr Amt aufgeben. Und vergangenes Jahr hat die Bevölkerung gegen den Willen des Senats und der geschlossenen Wirtschaft den Rückkauf der Energiegesetze erzwungen. Das ist dein Verein Mehr Demokratie, mittlerweile eine sehr starke Macht in Hamburg".

„Was sagen denn die Wirtschaft und die Hamburger Kaufmannschaft dazu?" Ich nehme an, das hat auch Auswirkungen auf die Hamburger Wirtschaft?"

„Na klar! Die Wirtschaft ist nicht begeistert. Wir befürchten, dass durch Bürger- und Volksentscheide notwendige Investitionen stark verzögert oder gar verhindert werden", erklärte Klaus aufgebracht und fuhr dann nach einer kleinen Pause fort: „Aber ich muss zugeben, ganz so dumm ist die Bevölkerung auch nicht. Jedenfalls spülen die Energienetze, die sich jetzt wieder im Eigentum der Stadt befinden, ordentlich viel Geld in die öffentliche Kasse. Aber wir haben andere Probleme, die uns mächtig zu schaffen machen. Der Hafen läuft zwar noch, aber wenn die Elbvertiefung nicht schnell kommt und die Containerriesen nicht mehr die Elbe befahren können, können wir den Hafen bald dicht machen. Und unsere Straßen sind total verstopft, wir werden mit dem Verkehr nicht mehr fertig. Außerdem fehlen in der Stadt Flächen für Neugründungen und Erweiterungen der Firmen. Jede Menge Unternehmer verlassen jährlich die Stadt und gehen nach Schleswig Holstein oder Niedersachsen."

„Das ist ja nicht zu fassen! Ich erinnere mich noch gut. In den siebziger Jahren wurde die Schaffung eines Nordstaates diskutiert. Dieser Plan wurde damals von uns Hanseaten entschieden abgelehnt, weil wir mit den armen Vettern in Niedersachsen und Schleswig-Holstein nichts zu tun haben wollten."

„Arme Vettern – ist gut", entgegnete Klaus. „Heute klagt Hamburg vor dem Bundesgerichtshof, um von den armen Vettern mehr Geld im Länderfinanzausgleich zu bekommen. Und der Nordstaat wird auch wieder diskutiert. Diesmal wollen ihn eher die Hamburger. Viele meinen, wir benötigen eine bessere Zusammenarbeit im norddeutschen Raum – nicht nur aus wirtschaftlichen Gründen, sondern auch, um mit unseren Umweltproblemen fertig zu werden."

Erschreckt fuhr Peter hoch: „Umweltprobleme hier in Hamburg? Gewiss, auch vor meiner Abreise 1998 war nicht alles in Ordnung. Aber doch nicht so schlimm, dass man es nicht in den Griff bekommen könnte."

„Ich glaube, du hast in den vergangenen fünfzehn Jahren wirklich auf dem Mond gelebt. Boehringer musste aus Umweltgründen geschlossen werden. Unser Trinkwasser müssen wir schon aus der Nord-Heide holen. Wir wissen nicht mehr wohin mit unserem Müll. Die Elbe ist total verdreckt und die Nordsee so versaut, dass Robben sterben."

Peter konnte diese Aufzählung kaum fassen. Da hatte er geglaubt, in Hamburg wäre in den vergangenen fünfzehn Jahren die Zeit stehen geblieben. Was hatte sich nicht alles verändert! Nichts schien mehr so zu sein wie früher.

Als er diese Gedanken seinem Freund mitteilte, meinte Klaus: „Gewiss, so besehen, hat sich sehr viel geändert. Mir ist es vorher gar nicht so aufgefallen. Es ist doch sehr viel in Bewegung. Aber ob diese Veränderungen wirklich zum Guten waren, ist noch eher fraglich. Mir jedenfalls war die gute alte Zeit viel lieber."

„Beständig ist nur der Wandel", philosophierte Peter. „Wir schauen manchmal viel zu kurz, orientieren uns zu wenig an längerfristigen Perspektiven, an dem, was werden kann. Und dann klammern wir uns fest an allem, was wir heute haben, und verlieren gerade dann genau dies, was wir so gern festhalten möchten. Auch der Blick zurück ist oft zu kurz und ein-geschränkt. Wir wünschen uns dann die gute alte Zeit zurück. Und dann ergreifen wir heute Maßnahmen von gestern und vorgestern, um damit Aufgaben von morgen zu lösen. Wir müssen ein Bewusstsein für die Kontinuität des Wandels entwickeln. Alles ist stets im Fluss. Und aus der Bewegung entstehen Probleme, aber auch viele Chancen für uns."

„Alles kluge Worte", gab Klaus eher widerstrebend zu. „Aber wie sieht deine schöne Philosophie in der Praxis aus? Da kämpfst du jeden Tag mit den Problemen. Die Geschäfte laufen immer schlechter. Kaum noch eine müde Mark im Handel zu verdienen. Und dann kommst Du daher und redest von ‚Chancen nutzen'."

„Sicher", erwiderte Peter heiter, „die Probleme und Aufgaben haben wir doch alle selbst gemacht. Immer wenn wir eine Auf-gabe lösen, schaffen wir damit selbst wieder ganz allein die Ursachen für die Entstehung unserer nächsten Aufgaben. Schau, vor der Industrialisierung, als wir zu wenige Arbeitskräfte hatten, haben wir das Problem dadurch gelöst, dass wir Maschinen erfanden. Die verbrauchten immer mehr Energie. Und so haben wir das Problem unserer heutigen Energieknappheit selbst geschaffen. So geht es ständig weiter. Wir lösen unsere Probleme und stellen uns damit zugleich die nächsten Aufgaben."

„Dann wäre ja unser Leben nur ein Durchwursteln von einer Aufgabe zur nächsten. Kaum hätten wir einen Engpass beseitigt, schon würden wir nach deiner Philosophie den nächsten schaffen", meinte Klaus zweifelnd.

„Genauso ist es", erwiderte Peter aufrichtig und fügte schließlich hinzu: „Und anstatt ‚Durchwursteln' kannst du auch sagen ‚Unser Leben ist ein ständiger Lernprozess'. Wir stellen uns unsere Aufgaben selbst und müssen sie auch selbst lösen. Kein anderer tut es für uns. Und es gibt auch keine finstern Mächte, die uns Böses wollen oder uns Probleme bescheren. Wir sind für alles, was geschieht, selbst verantwortlich."

„Das ist doch alles Quatsch und politischer Unsinn", fuhr Klaus heftig los. „Genauso ein Quatsch wie neulich auf unserer Versammlung. Da behauptete doch ein Mann – und der kommt ausgerechnet noch aus der Wirtschaft -, dass es in Hamburg schlecht und in Bayern gut ginge, läge nicht nur an der Politik, sondern insbesondere auch an den Unternehmen und den Arbeitskräften. Der Schwachsinnige meinte doch allen Ernstes, selbst wenn wir in Hamburg unseren Regierungschef austauschen würden, würde sich nicht viel ändern, wenn wir uns selbst nicht ändern würden."

Peter lachte schallend. So aufgebracht hatte er seinen eher hanseatisch unterkühlten Freund selten gesehen. Er hatte sich richtig in Rage geredet, beschimpfte Gott und die Welt und alle, die in seinen Augen an den schlechten Zuständen schuldig seien. Peter argumentierte dazu wenig, stellte umso mehr Fragen. Schließlich gelangten die beiden Freunde zu der Erkenntnis, dass es für all diese Geschehnisse einen gemeinsamen Nenner gibt: Sie folgen dem und fördern das Prinzip der Konkurrenz. Im Verhältnis zu den natürlichen Rohstoffen sieht es so aus, dass quasi die Gesellschaft insgesamt als Ausbeuter auftritt. Nicht der pflegliche Umgang mit der Natur und die Entwicklung des Partners Umwelt stehen im Vordergrund, sondern der Verbrauch und die Nutzung, um den eigenen eindimensional definierten Wohlstand zu mehren. Ähnliches gilt für das Verhältnis der Menschen untereinander. Die Bedürfnisbefriedigung des Einzelnen ist so ausgerichtet, dass ein größtmöglicher individueller Nutzen entsteht, der im Zweifel auch gegen die Mitmenschen erkämpft wird und nicht nach dem Prinzip größtmöglicher wechselseitiger Entwicklungen erfolgt.

Als das Gespräch an diesem Punkt anlangte, war es nur ein folgerichtiger Schritt, auch einmal ein genau gegenteiliges Verhalten, das Prinzip der Kooperation, anzuschauen. Nicht in Konkurrenz miteinander, sondern in Kooperation werden dann die größtmöglichen Entwicklungschancen gesucht. Die beiden Freunde verstanden schließlich, dass Konkurrenz und Kooperation als zwei Grundmuster des Verhaltens der Menschen untereinander und zu ihrer Umwelt angesehen werden können, im historischen Prozess dominiert einmal das eine und einmal das andere Muster – je nachdem, welche Engpässe und Probleme vordringlich bewältigt werden müssen.

Bei diesem Erkenntnisstand bestätigte Klaus auch eifrig, dass die Vorherrschaft des Konkurrenzprinzips in den vergangenen Jahrzehnten ungeheure Kräfte freigesetzt und zu einem gewaltigen Fortschritt geführt hat. Bestätigend führte er aus: „Gewiss, wir brauchten das Konkurrenzprinzip unbedingt, um unsere bisherigen Engpässe zu überwinden. Sonst hätten wir unser heutiges hohes Wohlstandsniveau nie geschafft."

Nur widerstrebend folgte er dann Peters Gedanken, dass andererseits durch diese notwendige Einseitigkeit der Entwicklung neue Engpässe und Probleme entstanden seien. „Im Verhältnis zur natürlichen Umwelt ist ein Punkt erreicht, wo das bisherige Verbrauchsverhalten zu gar nicht mehr messbaren Schäden führt. Ebenso sind im sozialen Bereich bestimmte Verhaltens- und Werthaltungen gefördert und andere unterdrückt worden, was langfristig schädliche Folgen hat, siehe nur das Beispiel der Jugendlichen, die die Villen ihrer Eltern in den Elbvororten verlassen und alternative Wohnmodelle ausprobieren wollen."

„Du meinst, unsere aktuellen Probleme haben eine Ursache in der zu langen und einseitigen Vorherrschaft des Konkurrenzprinzips? Dann wären sie ja eine Folge unserer aller Verhalten?", fragte Klaus zweifelnd.

„Mag sein", entgegnete Peter nur kurz. „Sicherlich sind viele Gründe dafür maßgeblich. Ich habe nur den Eindruck, dass wir ganz besonders auch hier in Hamburg die neuen Engpässe und Probleme nicht mit den alten Wert- und Verhaltens-mustern überwinden können."

„Klar, diese neuen Engpässe – wie du unsere Probleme bezeichnest – sind ja durch unser bisheriges Verhalten entstanden. Also müssen wir uns ändern, um unsere heutigen Aufgaben zu lösen", fügte Klaus rasch in Peters Gedanken ein.

„Wir brauchen einen Lernprozess, um neue Wege zu finden und eine Gewichtsverschiebung vom Konkurrenz- zum Kooperationsprinzip zu erreichen. Wichtig ist nur, dass alle Gruppen lernen und bereit sind, sich auf neue Aufgaben einzustellen."

„Und", fuhr Klaus erneut dazwischen, „wir dürfen unsere bisherigen Wege nicht verurteilen. Sie waren ja notwendig, um einen bestimmten Entwicklungsstand zu erreichen. Wir müssen uns nur vor der Einseitigkeit hüten, denn auch ein einseitiges Kooperationsprinzip hat wiederum nachteilige Folgen. Wir brauchen einfach beides."

Peter nickte lebhaft. „Es gelingt uns Menschen nie, den Ideal-pfad zu finden, bei dem alle Potentiale sich in gleicher Weise entwickeln können. Insofern wird später auch einmal das Kooperationsprinzip aufgrund zu starker negativer Folgen zu-gunsten einer Vorherrschaft des Konkurrenzprinzips zurücktreten müssen. Wandel ist insofern keine Bedrohung, sondern eine Chance."

Tief in Gedanken versunken, schauten die beiden Freunde lange aus dem Fenster in Richtung Elbe, die schon längst von der Finsternis verschluckt wurde. Nur die Positionslichter von einigen dahineilenden Booten durchbrachen die Finsternis und erschienen ihnen als Bestätigung: Alles ist in Bewegung. Und ebenso empfanden sie die Lichter, die vom gegenüber liegen-den Ufer des Alten Landes herüber blitzten, als Wegweiser durch eine dunkle Ohnmacht hindurch zu zuverlässigen Zukunftswegen.

Auf der Terrasse war es kühler geworden, und Peter erhob sich, um sich angesichts der späten Abendstunde zu verabschieden. „Halt", protestierte Klaus Kraning. „So kommst du mir nicht davon. Diese Nacht gehört uns. Wir haben bislang nur über Hamburg gesprochen und schließlich erkannt, dass wir Lernprozesse durchschreiten und alle selbst handeln müssen, um mit unseren Aufgaben fertig zu werden. Und jetzt will ich von dir wissen, was du in den fünfzehn Jahren erlebt und gelernt hast und wie es dir auf deiner Insel Utopia erging".

Sie wechselten in die Bibliothek, machten es sich am Kamin in großen Sesseln bequem und tranken einen köstlichen alten Rotwein, den Heinrich, der vorsorgliche Diener, bereits hier für sie serviert hatte. Seltsam, der alte Diener wusste wohl vorher schon, wie diese Nacht verlaufen würde. Ohne ein Wort hatte er im Kamin ein prasselndes Feuer angezündet und für die guten Gespräche einer langen Nacht mit verschiedenen Köstlichkeiten vorgesorgt.

Nun saßen die beiden Jugendfreunde, die sich fünfzehn Jahre nicht gesehen und nichts voneinander gehört hatten, am Kamin, schauten in die lebendigen Flammen, und Peter Hartung berichtete von seiner langen Suche nach Utopia.

Auf der Suche nach Utopia

Als ich im Frühjahr 1998 Hamburg verließ, hatte ich kein festes Ziel vor Augen. Mein innerer Antrieb war mir nicht so recht bewusst. So ließ ich mich einfach treiben. Zunächst verbrachte ich eine herrliche Zeit im Mittelmeerraum, arbeitete einige Wochen auf einem Weingut in der Toskana, lebte zusammen mit Zigeunern in Bulgarien, genoss die Ruhe in dem kleinen türkischen Fischerdorf Sile, badete im Winter in den heißen Thermalquellen im Meer bei Cesme, jobbte in einem Motel in Kairo. Und immer, wenn ich wieder genügend Geld hatte, trieb es mich weiter. Wie von einem Magneten wurde ich von einer inneren Sehnsucht angezogen, die mir selbst am wenigsten bewusst war.

In Indien erfuhr ich dann von einem thailändischen Kloster, von dem ich mir die Erfüllung meiner verschwommenen Träume versprach. Über ein halbes Jahr lebte ich dann in diesem Kloster, und ein englisch sprechender Mönch verstand mich. Er las in mir wie in einem offenen Buch.

Zunächst forderte er mich auf, tage-, ja wochenlang vor einer weißen Wand zu sitzen. Hier ließ er mich mit meinen Gedanken allein. Je länger ich auf diese weiße Wand starrte, desto größer wurde meine Qual. Die Untätigkeit machte mir zu schaffen. In meinem Kopf ratterten große Mühlräder, und ich konnte meine eigenen Gedanken und Phantasien immer weniger ertragen. Sie lasteten wie zentnerschwere Gewichte auf mir. Ich erfuhr, wie unerträglich schwer es ist, mit sich selbst und aus sich selbst heraus in Frieden zu leben. Bald hatte ich nur noch einen großen Wunsch: dieser Marter schnell zu entfliehen. Ich wollte doch so vieles entdecken, andere Menschen kennenlernen, meine Sehnsüchte in mir stillen und nicht vor einer weißen Wand sitzend, nur mit und aus mir allein leben.

Meine vielen Fragen beantwortete der Mönch nur mit einem Gleichnis. „Wenn ein Schwamm voll altem, verbrauchtem Wasser ist, dann muss man ihn erst ganz ausdrücken, damit er neues Wasser aufnehmen kann."

Das sollte also die weiße Wand bewirken. Sie sollte mich offen, neugierig, sehend machen. Ich sollte vergessen, nicht was ich weiß, sondern dass ich etwas wusste. Ich sollte einfach vorurteilslos sehend und frei werden. Es fiel mir unsagbar schwer. Nur sehr langsam wurde ich etwas ruhiger, geduldiger und erfuhr einen ersten kleinen Zipfel der Gnade einer heiteren Gelassenheit. Ich gewann Abstand von den Dingen und von Menschen und erkannte an dem Leben des Mönchs die Fähigkeit des Loslassens. So seltsam es klingt: Die Menschen und Dinge, die dem Mönch am wichtigsten waren, die er auf-richtig und selbstlos liebte, die konnte er am besten loslassen und dazu Abstand gewinnen. Und gerade durch dieses Los-lassen und Abstand gewinnen war er ihnen am intensivsten verbunden, ohne diese Bindung für sich und andere als Fessel zu empfinden.

Er war wirklich in Verantwortung frei. Gemessen an diesem großen Vorbild spürte ich, wie lang und weit noch mein Weg sein musste. Auf meine drängenden Fragen, wie ich meine Sehnsüchte stillen könnte, stellte er nur fest: „Du bist ein Suchender. Außerhalb deines eigenen Ichs suchst du dein Lebensziel in der ganzen Welt und vergisst dabei dich selbst. Suche in dir, und du wirst alles finden, was du wirklich brauchst."

Ich hörte die Worte wohl, konnte sie scheinbar jedoch nicht verstehen, denn sogleich versuchte ich wiederum mit meiner nächsten Frage, ihm die Verantwortung für mein Leben zuzuschieben. „Aber was ist mein Lebensziel?"

Er ging auf dieses Spiel nicht ein und antwortete nur mit vier Worten, die mich in den folgenden Jahren sehr beschäftigen sollten: „Du wirst es herausfinden."

Ich war letztlich von dieser Antwort enttäuscht, verließ bald das Kloster, um nach der langen Einsamkeit in der bunten, herrlich lebendigen Millionenstadt Bangkok Abwechslung zu finden.

Im Chinesenviertel machte ich die Bekanntschaft eines älteren Chinesen, der bereits seit Jahrzehnten in Bangkok lebte. Wir hatten erst sehr wenige Worte gewechselt. Er hatte mich bei einer Tasse Tee lange ruhig angesehen, dann unmerklich genickt und mich schließlich aufgefordert, ihn in sein Büro zu begleiten. Es war sehr einfach und spartanisch eingerichtet, ein kleiner Schreibtisch, ein schiefes Bodenregal, drei altersschwache Besucherstühle und an den tapetenlosen gestrichenen Wänden ein paar chinesische Plakate.

Erst später erfuhr ich, dass ich in diesem einfachen Büro einem mehrfachen Millionär gegenübersaß, der mir nun einen kleinen weißen Zettel über den Schreibtisch schob und mich aufforderte, darauf das Datum und die Uhrzeit meiner Geburt zu schreiben.

Von diesem Moment an war ich für mein Gegenüber nicht mehr da, war einfach Luft, irgendein Neutrum, das da gespannt und auch ein wenig ängstlich vor seinem Schreibtisch hockte. Der Chinese blickte mich nicht mehr an, nahm mich einfach nicht mehr wahr. Etwa zehn Minuten rechnete er mit einem kleinen Tischcomputer herum, schlug in dicken alten Büchern irgendetwas nach, und alles, was er herausfand und errechnete, verwandelte er in Zeichen, Kurven und Linien auf einem postkartengroßen Stück Papier.

Dann nahm er eine Kassette, legte sie in den Rekorder seines Kofferradios, das vor ihm auf dem Schreibtisch stand, und, ohne mich auch nur mit einem Blick wahrzunehmen, sprudelte er mit monotoner Stimme los, so als würde er etwas aus einer Zeitung laut lesen.

Nicht mir, sondern der Kassette im Kofferradio erzählte er etwa zwanzig Minuten lang in englischer Sprache mein Leben. Er schilderte meine Jugend, welche Schulen ich besucht hatte, wann mich welche Krankheiten plagten, beschrieb mein Studi-um, meine Abreise aus Hamburg und meine Erlebnisse seither. Konkrete Daten und Fakten sprudelten nur so aus ihm heraus, beschrieb in Einzelheiten Dinge, die ich bereits selbst vergessen hatte, und kannte scheinbar mein Leben besser als ich.

Schließlich blickte er kurz hoch, sah mich an und fragte: „Any questions?"

Ehe ich mich von meiner Verblüffung befreite und antworten konnte, lächelte er wissend, wandte sich wieder den Zeichen auf dem Stück Papier und dem Kofferradio zu, erzählte von meinen Sehnsüchten und meiner Ungeduld, beschrieb mein Suchen und warnte vor dem schnellen, vordergründigen Erfolg und endete schließlich mit der mir bereits bekannten Feststellung: „Du wirst es herausfinden."

Ohne ein weiteres Wort zu verlieren, nahm er die Kassette aus dem Radio, drückte sie mir in die Hand und begleitete mich zur Tür.

Da stand ich nun. Hatte ich soeben noch in der Abgeschiedenheit und Ruhe des kleinen Büros etwas für mich bis dahin Unfassbares erlebt, schon war ich wieder in die Realität und das pulsierende Leben hinausgestoßen. Vor mir auf acht Fahrspuren nebeneinander der dichte Verkehr, um mich herum auf dem Gehsteig die unendliche Zahl kleiner Verkaufsstände, die für wenig Geld alle Köstlichkeiten der Welt anboten. Um mich herum buntes, fröhliches Treiben, in mir Einsamkeit und grenzenloses Erstaunen, in meiner Hand mein Leben auf einer Kassette.

Ich habe die Kassette später wohl dutzendmal abgehört und jedes Datum darauf überprüft. Es stimmte einfach jedes Detail. Hätte ich dies nicht selbst erlebt, und jemand anderes hätte mir davon erzählt, ich hätte dies sicherlich als überspannte Phantastereien, Unsinn oder gekonnte Tricks eines cleveren Chinesen abgetan. Auch ich neigte dazu, zunächst herauszufinden, was es mit dieser Begebenheit auf sich haben könnte. Woher konnte der alte Chinese die Informationen über mein Leben haben? Hatten wir gemeinsame Bekannte? Ob er einmal in Hamburg war? Oder gibt es so etwas wie die Qualität der Zeit? Und ist es einem Menschen möglich, in die Zeit Spur hineinzusehen?

Ich fand auf meine Fragen keine fertigen Antworten, nur in einer kleinen Broschüre, die ich kurz darauf auf einer Messe erhielt, eine kleine Geschichte: Eine Ameise klettert über einen riesengroßen Würfel. Gestern lief sie über die Seite mit der Zwei. Heute befindet sie sich auf der Seite mit der Sechs. Und morgen wird sie über die Seite mit der Fünf klettern. Der Ameise kommen die drei Tage auf den drei verschiedenen Seiten des Würfels wie unterschiedliche Dinge zu unterschiedlichen Zeiten vor. Gleichwohl handelt es sich um einen Würfel, der gestern, heute und morgen derselbe war.

Diese Geschichte half mir ein wenig, die Dinge so zu nehmen, wie ich sie erlebt hatte, nicht nach Gründen und Argumenten dafür oder dagegen zu suchen, sondern es einfach geschehen zu lassen. Und langsam wuchs damit in mir die Sicherheit: Ich werde es herausfinden.

Monate später erreichte ich mit meinem Boot eine relativ kleine Insel, die auf keiner meiner sonst recht genauen Seekarten verzeichnet war. Ich hatte die Insel einmal umsegelt und fuhr nun einen Fluss hoch der einzigen Stadt auf dieser Insel entgegen. An den Flussufern und leichten Hängen erblickte ich kleine, saubere Dörfer und herrliche alte Villen, die mir einen ersten Eindruck vom Reichtum der Bewohner verrieten. Schließlich erreichte ich einen großen Hafen, der aufgrund seiner Ausmaße sicherlich zu den zehn größten Häfen der Welt zählte. Aber irgendwie erschien mir der Hafen tot und leer. In den meisten Docks wurde nicht gearbeitet. Es wurden nur wenige Schiffe be- oder entladen. Auf Anhieb vermisste ich das emsige Treiben einer großen Hafenstadt und das pulsierende Leben des Handels. Fast erschien es mir, als ob dieser Hafen und die gesamte Stadt in einen Dornröschenschlaf gefallen sei.

Ob ich wohl Utopia endlich gefunden hatte?

In den ersten Tagen und Wochen war ich fast sicher: dies muss die Insel Utopia sein, die ich so lange gesucht hatte. Ich erlebte eine wirklich faszinierende Stadt. Im Herzen der Stadt den Hafen und ein zweiter Fluss, der sich fast in der Stadtmitte zu einem großen See ausbreitete und zum Segeln und Flanieren an den grünen Ufern geradezu einlud. Rings um diesen See blitzten herrliche weiße Villen und zur City hin Kauf- und Bürohäuser, die in hervorragender Baukunst Gediegenheit und Solidität ausstrahlten. Die grünen Kupferdächer wetteiferten mit dem vielen Grün in dieser Stadt. Zahlreiche Parks, bezaubernde Gartenanlagen und ausgedehnte Waldflächen unterbrachen die Geschäfts- und Wohnsiedlungen und vermittelten den Eindruck, dass diese Millionenstadt aus lauter einzelnen, ursprünglich selbständigen Dörfern gewachsen sei.

Ebenso begeisterten mich die Menschen in dieser Stadt. Sie pflegten eine wohltuende Distanz, die keineswegs kalt oder feindlich wirkte, sondern im Gegenteil die Eigenständigkeit einer jeden Person unterstrich und mit zuvorkommender Freundlichkeit gleichwohl miteinander verband. Die Einwohner waren stolz auf ihre Stadt und betonten es gern, wenn sie hier nicht nur geboren, sondern ihre Familien bereits seit Generationen hier lebten. Zugleich schotteten sie sich gegenüber Fremden nicht ab. Geprägt durch den weltweiten Handel, der in Jahrzehnten diese Stadt geformt und zu Reichtum und Ansehen geführt hatte, waren die Menschen offen und aufgeschlossen.

Alles strahlte gute Tradition, in Jahrhunderten gewachsenes bürgerliches Wohlhaben und den Reichtum einer großen Kaufmannsstadt aus. Doch je länger ich in dieser Stadt verweilte, desto mehr erlebte ich den Dornröschenschlaf. Fast schien es mir so, als hätten angesammelter Wohlstand und Reichtum diese Stadt irgendwie selbstgefällig, satt und müde gemacht. Vielleicht ging es ihr zu lange gut, so dass sie es sich leisten konnte, die Asche ihrer Tradition zu pflegen und dabei zu vergessen, die Flamme weiterzugeben.

So absurd es klingen mag: Dieser Stadt fehlten lange die Probleme, Aufgaben und Herausforderungen, die notwendig sind, um etwas Neues zu entdecken, etwas zu wagen, neugierig und offen zu sein, nicht nur das sichere schnelle Geschäft zu suchen, sondern den Wandel mit allen Risiken und Chancen bewusst zu erleben. Und zwischenzeitlich waren fast unmerklich, aber stetig, immer mehr Aufgaben gewachsen, die sie einfach negierten und die sich nun zu wahren Problembergen auftürmten.

Ein alter Baumeister, in dessen kleiner Baufirma ich eine Zeitlang arbeitete, schilderte mir dieses Phänomen in seinen Worten: „Wir haben in unserer Stadt herrliche Häuser geschaffen. Wir haben uns auf die Stabilität unserer prachtvollen Villen verlassen. Für uns zunächst unmerklich haben sich jedoch die Fundamente verschoben. Die Statik stimmt nun nicht mehr. In den Decken und Wänden zeigen sich Risse. Es knirscht im Gebälk. Wir haben dann immer mehr Stützen, Pfeiler, Pfosten und Unterzüge eingezogen, um Sicherheit zu schaffen. Aber vor lauter Sicherheiten können wir uns in unseren Häusern nicht mehr bewegen. Gewiss, unsere Häuser stehen noch mit prachtvollen Fassaden da. Doch drinnen haben wir vor lauter Sicherheiten unsere Freiheiten verloren und damit zugleich vergessen, neue Häuser zu bauen."

Dieses Bild beschäftigte mich fortan intensiv. Und so war es gewiss kein Zufall, dass ich stets Menschen traf, die mir das Geheimnis des Dornröschenschlafes dieser Stadt aufdeckten. Beziehungsweise war es ein alter Bootsmann, der viele Jahr-zehnte zur See gefahren war, und der nun an seinem Lebens-Abend mit seinem kleinen Boot die Touristen durch den Hafen führte, der mir in einer langen Nacht in einer schummrigen Hafenkneipe den Schlüssel zum Erkennen gab. „Unsere Stadt hatte einst einen guten Geist in allen Ständen, in der Kaufmannschaft, im Handwerk, bei den Arbeitern und auch in der Politik. Dieser Geist in uns verhalf uns zu großem materiellem Wohlstand. Und je reicher wir wurden, je besser es uns im Vergleich zu anderen Städten ging, desto wichtiger wurde uns unser materieller Wohlstand. Wir verbrauchten dabei unseren geistigen Vorrat und jagten nur noch materiellen Dingen nach. Nun ist unser Geist verbraucht und damit unser materieller Wohlstand gefährdet. Wir müssen nun unsere geistige Entwicklung nachholen und erneuern, damit wir unseren Wohlstand sichern und ausbauen können."

Ich erinnerte mich an die Lehren und das Leben des Mönches im thailändischen Kloster. Mir fiel die Kunst des Loslassen-könnens und der eigenen geistigen Werthaltung als Voraussetzung zur Lösung der Probleme ein. So fragte ich den alten Schiffers Mann:

„Wenn Sie dies alles erkannt haben, warum handeln sie dann nicht? Warum helfen sie nicht, die geistige Entwicklung einzuleiten?"

„Sicherlich, junger Freund", lautete seine Antwort, „wenn ich noch so jung wäre wie du, würde ich auch an die eigene Kraft glauben. Aber ich bin ein alter Mann, nur ein einfacher Schiffer, der den Touristen täglich Geschichten erzählt. Wer bin ich denn, dass ich mir herausnehmen könnte, eine geistige Erneuerung zu bewirken?"

Mich stellte diese Antwort keineswegs zufrieden, und so bedrängte ich ihn mit meinen Fragen weiter, worin sich die Vorherrschaft des materiellen Denkens in dieser Stadt äußerte, wo die geistigen Defizite lägen. Auf all diese Fragen erklärte er nur mit einem weisen Lächeln in den Augen sehr ernsthaft: „Du wirst es selbst herausfinden."

Und ich fand in den nächsten Jahren, die ich in dieser einst so lebendigen Stadt lebte, einiges davon heraus.

So hatte man bereits vor Jahrzehnten beschlossen, dass die älteren Menschen nicht abhängig sein sollten von ihren Familien. Da ja damals noch genügend Geld da war, schuf man Altersheime und Seniorenwohnparks. Dort lebten die alten Menschen isoliert von ihren Familien und erhielten vom Staat eine Rente, die von den jüngeren Menschen, die noch im Berufsleben standen, finanziert wurde. Die Jüngeren erkauften sich praktisch durch ihre Geldzahlungen die angebliche Befreiung von den Älteren. Die Älteren fühlten sich abgeschoben und einsam. Und schon bald mussten vom

Staat für ihre Unterhaltung Moderatoren, Psychologen und andere Freizeit-Künstler eingestellt werden. In den Familien fehlten jedoch die älteren Menschen. Die Kinder erlebten nicht mehr die Kommunikation der Großfamilie, erfuhren nicht mehr auf natürliche Weise das Geben und Nehmen. Die Schule konnte diese Defizite nicht ausgleichen. Im Gegenteil, sie beschritt einen Weg des verwissenschaftlichenden Lernens. Den Jüngeren ging es ebenso wie den Älteren schlechter als zuvor. Man hatte mit Geistlosigkeit etwas Gutes schaffen wollen. Nun waren zwar die persönlichen Abhängigkeiten sehr viel geringer, die Abhängigkeiten des Einzelnen jedoch vom anonymen Staatssystem total. Und als die Kinderzahlen als Folge des geistlosen Systems abnahmen, fehlten bald die Beitragszahler. Und nun stand das System vor einem finanziellen, aber ebenso geistigen Zusammenbruch.

Zu ähnlich geistlose Wege verführte der materielle Wohlstand im Gesundheitsbereich. Man gelangte zu der zunächst sinnvoll erscheinenden Einsicht, dass der Einzelne für seine Krankheit nicht verantwortlich sei. Fortan wurde er nicht nur gegen Grundrisiken, sondern gegen alles, was überhaupt nur denkbar erschien, auf staatliche Anordnung versichert. Bereits nach wenigen Jahrzehnten hatte sich das Verhalten der Bevölkerung total verändert. Für die eigene Gesundheit war man nun nicht mehr selbst verantwortlich. Dafür hatten Ärzte, Apotheken und die Pharmaindustrie zu sorgen. Darauf hatte man schließlich einen staatlich garantierten Anspruch und bediente sich folglich wie in einem kostenlosen Selbstbedienungsladen. Obwohl sich die Zahl der Ärzte in kürzester Zeit mehr als verdoppelte, wurden die Leute nicht gesünder. Im Gegenteil, die Krankheitsfälle nahmen rapide zu. Auch die Kosten explodierten, doch es kam niemand auf die Idee, den hinter diesem System stehenden Geist zu erfragen.

In der Arbeitswelt hatte man herausgefunden, dass durch Spezialisierung und Zerstückelung die Produktivität des Einzelnen stark erhöht werden konnte. Für den Einzelnen ging zwar die Überschaubarkeit und das Erleben eines ganzheitlichen Arbeitsprozesses verloren, dafür konnte man jedoch nun viel rentablere Maschinen einsetzen, die noch mehr Spezialisierung und Einseitigkeit verursachten. Einzelne Arbeitskräfte verrichteten tagein, tagaus immer nur denselben Handgriff und konnten ihr Handeln immer weniger in einen Gesamtzusammenhang einordnen. Ausfallzeiten und Krankheiten nahmen zu. Der Sinn für die Arbeit ging mehr und mehr verloren. Als Ausgleich wurden ständig steigende Löhne, immer mehr Sozialvergünstigungen gewährt. In harten Arbeitskämpfen wurde eine fortwährende Arbeitszeitverkürzung erstritten, so dass bald Arbeit so teuer wurde, dass sie kaum noch zu bezahlen war. Folglich wurde weiter rationalisiert und spezialisiert und so komplizierte Maschinen erfunden, dass lernschwächere Menschen überhaupt keine Arbeit mehr fanden. Um diese musste sich dann der Staat kümmern. Dies verursachte wiederum neue Kosten, die wieder erst erwirtschaftet werden mussten und die Produktivitätsschraube noch etwas mehr anzogen.

Die Arbeitslosenquote erreichte schnell eine Höhe von rund dreizehn Prozent. Doch auch hier wurde vom Staat schnell ein Patentrezept erfunden. Man schuf einen zweiten Arbeitsmarkt. Da die dort arbeitenden Arbeitslosen über den Staat von der Gemeinschaft bezahlt wurden und insofern keine Arbeits-kosten zu verrechnen waren, konnte der zweite Arbeitsmarkt sehr konkurrenzfähig sein, was zwangsläufig zu weiteren Arbeitsplatzverlusten auf dem ersten Arbeitsmarkt führte. Dies erforderte automatisch eine Explosion der staatlichen Aus-gaben. Und bald wurde so viel umverteilt, dass es sich immer weniger lohnte zu arbeiten und etwas zu unternehmen. Bald wurde nur noch von der linken in die rechte Tasche umverteilt. Um an seinem Arbeitsplatz vierzig Euro mehr zu verdienen, musste das Unternehmen den etwa fünffachen Betrag dafür aufwenden.

Es entstand ein erbitterter Verteilungskampf, obwohl der Kuchen schon längst verteilt war. Und während man sich noch stritt, fraßen die Mäuse die letzten übriggebliebenen Krümel des Kuchens auf, und man vergaß, einen neuen, größeren Kuchen zu backen. Gleichzeitig wuchs der Verteilungs- und Verwaltungsapparat ins Unermessliche. Der Staat musste sparen und tat dies bei den Zukunftsinvestitionen, bei der Bildung oder beim Ausbau der Infrastruktur. Bald war es für ein Unternehmen kaum noch interessant, in den eigenen Betrieb zu investieren, weil staatliche Anleihen sicherer und ertragreicher waren. Die Geistlosigkeit des geschaffenen Systems führte zu so paradoxen Zuständen, dass zwar Geld im Überfluss vorhanden war, jedoch das Kapital für die unbedingt erforderlichen Zukunftsinvestitionen fehlte.

Das einseitig definierte Ziel, Wohlstand nur in Zuwachsraten des Sozialprodukts zu messen, sowie die immer weiter fortschreitende Arbeitsteilung und Spezialisierung hatten verheerende Auswirkungen auf die natürliche Umwelt. Das System belohnte den, der am schnellsten und gründlichsten natürliche Rohstoffe bis an die Grenzen ihrer Erschöpfbarkeit ausnutzen konnte. Der Ingenieur im Chemieunternehmen spürte keinen Zusammenhang zwischen seinem Knopfdruck zum Start gewaltiger Maschinenstraßen und dem nach vielen Arbeitsstufen dadurch ausgelösten Ausstoß von giftigen Abwässern in den Flüssen.

Konnte man früher in dem herrlichen Binnensee im Herzen der City noch baden, so waren der See und die Flüsse nun so verseucht, dass ein großes Fischsterben einsetzte. Alle beklagten zwar diese Umweltkatastrophen. Man erwog sogar, Umweltschutz ins Grundgesetz aufzunehmen. Doch der Einzelne konnte sich zu eigenem Handeln nicht entschließen. Parks wurden durch achtlos weggeworfenen Müll verunstaltet, kostbares Wasser ohne Bedenken verschwendet.

Je mehr die Probleme wuchsen, desto stärker wurde der Ruf nach dem Staat. Überall, wo das individuelle Handeln Defizite hinterließ, sprang der Staat bereitwillig ein und war schon bald hoffnungslos überfordert. Es fehlten nicht nur die Finanzen, sondern viel schlimmer: die Problemlösungskapazitäten der wenigen Zentralen reichten einfach für die Fülle der Aufgaben nicht aus.

Je mehr Aufgaben auf die zentralen staatlichen Instanzen verlagert wurden und je härter der Verteilungskampf tobte, desto stärker traten die zentralen Vertretungseinrichtungen der Unternehmer und der Arbeitnehmer, Unternehmensverbände und Gewerkschaften, hervor. Fernab von der täglichen Praxis wurden von Funktionären Dinge entschieden, die sie allenfalls aus Lehrbüchern kannten und die sie selbst nie ausbaden mussten. Die Vertreter in Politik, Verbänden und Gewerkschaften entwickelten ein solch starkes Eigenleben, dass immer mehr Menschen sich von ihnen nicht mehr vertreten fühlten. Der mit der Fremdbestimmung einhergehende Autonomieverlust führte zu sozialen und psychischen Spannungen. Bedürfnisse der Selbstbestimmung, der Ganzheitlichkeit, der Kooperation, der Gemeinschaft wurden unterdrückt. Der Erfolg zentraler Aufgabenwahrnehmung und Steuerung in einem hochkomplexen und verflochtenen System nahm rapide ab.

In allen Lebensbereichen, in der Arbeitswelt, in der Politik und im Sozialbereich, wurden den einzelnen Menschen Aufgaben zugewiesen, seine Probleme definiert und ihre Lösungen vorgeschrieben. Bedürfnisse wurden kollektiv ermittelt, festgeschrieben und gelöst. Für solidarisches und gemeinschaftliches Handeln war wenig Platz, weil ja längst von zentralen Instanzen festgelegt wurde, was Solidarität zu sein hatte und wie Problemlösungen auszusehen haben. Mit dieser Abnahme von Verantwortung wurde schließlich auch die Fähigkeit zu selbstbestimmtem, gemeinschaftlichem Handeln untergraben.

Die Gesellschaft in dieser Stadt zerfiel immer mehr in verfeindete Gruppen. Misstrauen, Vorurteile und Missgunst beherrschten das tägliche Miteinander. Der Kampf der Interessengemeinschaften tobte, und aus immer mehr Hektik und Anstrengung kam immer weniger heraus. Und als der Regierungschef der Stadt einmal Perspektiven für die Zukunft entwickelte und in diesem Rahmen mehr Kompetenzen für sich forderte, wurde er zugleich argwöhnisch und misstrauisch beäugt und schnell lahmgelegt.

Ich arbeitete zu der Zeit in einem Ministerium. Nie zuvor habe ich so viele und so unendlich lange Konferenzen und Besprechungen erlebt. Die Kommunikationsdichte in dieser Stadt war extrem groß. Es wurden viele Worte gesprochen, aber nur wenige verstanden. Für jede noch so kleinste Aufgabe wurden immer mehr und neue Einrichtungen und Konferenzen geschaffen. Jede neue Idee wurde so lange besprochen, hin und her gedreht und solange die Nachteile und Gefahren aufgezeigt, bis man sich einig war, dass man besser nichts tat.

Je emsiger und aufgeregter die Zentralen miteinander kämpften, desto weniger kam dabei heraus. Und wenn sich irgendwann einmal eine produktive Idee doch durchsetzte, wurde sie spätestens von den Medien getötet, die mit wahrer Freude Schreckensnachrichten verbreiteten, nur das Negative und die Nachteile sahen.

Immer mehr Menschen fühlten sich als Opfer des geschaffenen Systems und wandten sich enttäuscht ab. Zunächst waren es die Jugendlichen, die zu einem Protest im demokratischen Staat aufriefen. Sie sprachen von ihren neuen Werten, von Selbstverwirklichung, Emanzipation, Kooperation, pluralistischen Wertstrukturen und natürlichen Umweltbedingungen. Doch ihr Rufen verhallte. Zur Selbstverwirklichung erhielten sie

Jugendzentren. Zur Kooperation wurde ihnen der Leistungswille abgesprochen, weil sie zwar Leistung nicht ablehnten, aber nach dem Wie, den Wegen fragten. Zur Emanzipation wurde kein natürliches Miteinander eröffnet, sondern Frauenquoten für Führungspositionen in Politik und Wirtschaft geschaffen. Und zum Umweltschutz gab es neue Gesetze, neue Vorschriften, neue Abgaben, noch mehr Staat, noch mehr zentrale Vorgaben.

Viele, die meisten Jugendlichen, resignierten schnell, passten sich dem System an. Andere, einige Wenige, griffen – als ihr ständiges Rufen ungehört verhallte – zu gewalttätigen Mitteln, besetzten Häuser, terrorisierten ihre Mitmenschen und verstießen damit selbst gegen all ihre Ziele und gegen die Menschlichkeit, die sie einst gefordert hatten. Sie erklärten Gewalt als zulässiges Mittel und ernteten damit immer mehr Gewalt. Mit Gewalt wollten sie das System ändern und er-reichten damit genau das Gegenteil.

Auch mit diesen Problemen wurden Staat und Gesellschaft nicht fertig. Je mehr sich jedoch die Basis von den zentralen Steuerungsinstanzen abwandte, desto mehr verbanden sich die Zentralen von Politik, Verbänden und Gewerkschaften zu einem Machtblock. Mit aller Macht bemühte man sich, das geistlose System zu erhalten. Desto stärker kündigte die Basis ihren Führern die Gefolgschaft. Das System entließ seine Kinder. Das Festhalten der Politiker und der Funktionäre an alten Rollen und Lösungsansätzen trotz veränderter Bedingungen erschien immer mehr Bürgern dieser Stadt als geistige Erstarrung, Hilflosigkeit und Lernunfähigkeit und vielen noch schlimmer als Versuch, sich mit allen Mitteln an die Macht zu klammern.

Vier Jahre hatte ich nun in dieser einst so herrlichen Stadt gelebt, nach Utopia, nach der geistigen Erneuerung gesucht. Zunehmend spürte ich an mir selbst Veränderungen, spürte, wie ansteckend die Geistlosigkeit war. Immer häufiger stimmte ich in das allgemeine Klagen und Wehgeschrei ein, vergaß das eigene Handeln und leistete damit der Geistlosigkeit weiter Vorschub.

Die Seuche der Geistlosigkeit hatte mich voll ergriffen, hatte mir Ecken und Kanten abgeschliffen und mich rund und verwechselbar wie einen Kieselstein gemacht, der nach langem Weg im Bachlauf so sehr geschliffen war, dass er keine Angriffsflächen mehr bot, irgendwann in einer Versenkung liegen blieb, seinen Geist aufgab und seine Individualität verlor.

Ich ergriff die Flucht vor dieser ansteckenden Krankheit. Und als ich mit meinem Boot wieder den Fluss hinabsegelte, einen letzten Blick auf die herrlichen Fassaden der Villen am Flussufer warf, war mein Inneres von einer großen Leere und tiefen Traurigkeit erfüllt. Ich hatte Utopia gefunden und wieder verloren. Schlimmer noch, ich war vor Utopia geflohen.

Hamburg-Elbchaussee heute

Mitternacht war längst vorüber. In der Bibliothek der alten Villa an der Elbchaussee war nach Peters letzten Worten eine tiefe Stille eingekehrt. Nur im Kamin prasselte ein lebendiges Feuer, das die Blicke der beiden Freunde magisch anzog.

Mit keinem Wort hatte Klaus Kraning Peters Erzählungen unterbrochen. „Eine unglaubliche Geschichte", sagte er nun. „Hätte mir jemand anderes als du von der weißen Wand im Kloster oder von dem chinesischen Wahrsager erzählt, ich hätte ihn einen Lügner genannt."

Peter erwiderte darauf nichts, so dass Klaus Kraning mit ruhiger Stimme fortfuhr: „Wir können wohl die fernöstlichen Weisheiten nie verstehen, erst recht nicht auf unser westliches Leben übertragen. Übertragbar erscheinen mir jedoch deine Erfahrungen auf der Insel Utopia. Als ich deinen Erzählungen lauschte, stand mir stets Hamburg vor Augen. Ja, ich hatte oft den Eindruck, du würdest nicht über eine kleine Insel am anderen Ende der Welt, sondern über Hamburg sprechen. Hast du das wirklich alles erlebt? Oder wolltest du mir nur einen Spiegel zu unserer Situation in Hamburg vor Augen halten?"

„Du wirst es herausfinden", antwortete Peter nur schlicht.

„Nun komm' mir bloß nicht mit diesen chinesischen Weisheiten! Sie mögen für dich gut sein, mir helfen sie nicht", brach es aus Klaus heraus. Und nach einer Weile des Schweigens sprang er plötzlich auf, trat an den Bücherschrank, entnahm gezielt ein Buch, schlug es wie triumphierend auf und erklärte: „In diesem Buch ‚Zukunft des Fortschritts' beschreiben Strasser und Traube im Prinzip für die Bundesrepublik Deutschland genau das, was du über die Insel Utopia berichtet hast. Hier, diese Stelle, habe ich mir besonders markiert." Klaus zitierte aus dem Buch in seiner Hand: „Der Staat unterdrückt heute weniger politisch als faktisch, indem er sich mit der Organisationsmacht der großen Industrien und ihrer Verbände (Arbeitgeber und Gewerkschaften) zu einem Koloss vereint, der mit dem Gewicht eines Dinosauriers auf dem gesellschaftlichen Leben lastet. Die Fähigkeit der Bürger zur selbstorganisierten Problemlösung und zur Partizipation an den gesellschaftlichen Entscheidungen findet in diesem technokratischen System immer weniger Ansatzpunkte."

„Gewiss", antwortete Peter, „diese Probleme sind keine Besonderheit der Insel Utopia. Sie finden sich überall auf der Welt. In den westlichen Industrieländern und ganz besonders krass in den ehemaligen Staatshandelsländern des Ostblocks. Nach dem Ende des Kommunismus fühlen sich die westlichen Industrieländer als die großen Sieger, den nun alle nacheifern und das kapitalistische System noch viel perfider, gar brutal, in ihren Ländern etablieren. Siehe beispielsweise Russland oder China!"

„Wenn der Mangel an Problemlösungskapazitäten, die permanente Überforderung der Zentralen und das ungeheure Ausmaß an Fremdbestimmung den größten Engpass fast auf der ganzen Welt darstellen, dann müssen wir doch hier gemeinsam ansetzen."

„Vielleicht liegt in dieser Aufgabe die geistige Erneuerung, die wir so dringend brauchen", warf Peter ein.

„Aber sollten wir denn", fragte Klaus zweifelnd, „unsere Demokratie abschaffen und unser bewährtes System der sozialen Marktwirtschaft einfach aufgeben?"

„Auf keinen Fall", lautete die Antwort, „bestimmt aber auf dieser Grundlage weiter entwickeln und mit dem notwendigen Geist beleben. Demokratie bedeutet doch wohl kaum Zentralisierung und Fremdbestimmung. Und wenn es an Problemlösungskapazitäten mangelt, dann müssen immer mehr Menschen in die Problemlösung einbezogen werden."

„Und dazu kommen unsere neuen Kommunikationstechniken wie gerufen", stellte Klaus aufgeregt fest. „Sie erlauben doch eine direkte Verbindung zwischen immer mehr Menschen, die Informationen austauschen und verstärkt auf dezentraler Ebene Lösungen entwickeln können. Dann wären unsere ganzen Breitband-Verkabelungen, Satellitentechnik und Computerisierung endlich einmal zu etwas Sinnvollem zu gebrauchen."

„Sicherlich ein richtiger, jedoch sehr weiter Weg", entgegnete Peter. „Lass uns doch einmal ein wenig nachdenken, wie die Rollenverteilung idealerweise dann künftig aussehen müsste."

Darauf erklärte Klaus sofort: „Als erstes sollte der Staat vom Macher zum Moderator der gesellschaftlichen Entwicklung werden. Er dürfte nicht die Aufgaben an sich ziehen und generalisierende Lösungen vorgeben, sondern dafür sorgen, dass die jeweils Betroffenen ihre Probleme selbst lösen können. Und er müsste die soziale Sicherung auf die wirklich großen Risiken, auf eine Art Grundsicherung beschränken."

„Dann müssten aber auch die Unternehmer zusätzliche Aufgaben erfüllen", spann Peter den Gedanken fort. „Sie müssten nicht nur Arbeitsplätze schaffen und die

Bevölkerung mit marktfähigen Produkten und Diensten versorgen, sondern auch Verantwortung im Bereich des Umweltschutzes übernehmen, ein lebenslanges Lernen und Weiterbildung organisieren, Randgruppen in die berufliche Ausbildung und Arbeitswelt integrieren und schließlich neue Formen der Zusammenarbeit zwischen Unternehmer und Arbeitnehmer entwickeln."

„Dies stellt aber auch mindestens ebenso hohe Anforderungen an die Arbeitnehmer", ergänzte Klaus. „Auch unabhängig von der Berufswelt müssten die privaten Haushalte im Rahmen des Prozesses der Übernahme von mehr Eigenverantwortung wichtige Aufgaben in Kooperation untereinander lösen, beispielsweise die soziale Integration im weitesten Sinne, die Eingliederung von Randgruppen, ambulante Alten- und Familienhilfe, Selbsthilfegruppen."

„Eine wirklich sinnvolle Art, die hohe und steigende Freizeit zu nutzen", warf Peter ein.

„Gleichwohl ein schwieriger Prozess", antwortete Klaus. „Vergiss nicht, dass die privaten Haushalte dann auch die tragbaren sozialen Risiken in Eigenverantwortung übernehmen und ein Netz von sozialen Hilfen und Diensten knüpfen müssen für die Aufgaben, die die Möglichkeiten des einzelnen Haushaltes übersteigen."

„Alle unsere Überlegungen zu einem solchen veränderten Rollenverhalten laufen auf eine starke Dezentralisierung und auf das Kooperationsprinzip hinaus, das wir heute Abend bereits intensiv besprochen haben", gab Peter zu bedenken.

„Sicherlich, es würde eine völlige Umstellung, eine tiefgreifende geistige Neuorientierung voraussetzen. Ich frage mich nur", fuhr Klaus fort, „ob wir nicht bei aller Wertschätzung für mehr Kooperation auch künftig Elemente des Konkurrenzprinzips brauchen."

„Das wäre dann Aufgabe der Verbände und Gewerkschaften", erklärte Peter spontan. „Sie sollten sich nicht als einseitige Interessenvertreter empfinden, sondern ihre Mitglieder so stark machen, dass diese sich zu einem möglichst hohen Maß selbst vertreten können. Zum anderen läge ihre Haupt-aufgabe darin, den Trägheitsmomenten der Kooperation entgegenzuwirken, die Mitglieder ständig zu fordern, Innovationen den Weg zu ebnen, technische und organisatorische Neue-rungen voranzubringen."

„Gewerkschaften und Verbände als unsere Hauptinnovateure?", fragte Klaus. „Sicherlich gegenüber heute eine totale Rollenumkehr, aber eine Vorstellung, die mir gefällt."

„Eine solche Neuorientierung fällt nicht einfach vom Himmel. Sie erfordert einen langen Lernprozess. Vor allem erfordert sie aber ein mutiges Anfangen, viel Geduld und Durchhaltevermögen."

„Sag mal, Peter", wollte Klaus wissen, „hältst du eine solche grundlegende Neuorientierung tatsächlich für möglich?"

„Ich kann da nur antworten: Du..."

„Ich weiß, was kommt", unterbrach ihn Klaus, „du wirst es selbst herausfinden. Aber sag mal ehrlich: Hast du es heraus-gefunden? Du hattest Utopia gefunden und bist dann von dieser Insel geflohen. Was hast du später herausgefunden? Erzähl' doch mal, wie ging es weiter auf deiner Odyssee?"

Leise erwiderte Peter: „Nach meiner Abreise von der Insel habe ich als erstes herausgefunden, dass ich nicht vor Utopia, sondern vor mir selbst geflohen bin." Und nach einer langen Pause fügte er hinzu: „Und nun berichte ich gern, wie es mir dann weiter erging."

Utopia 2025

Als ich der Insel den Rücken zukehrte, zog es mich zurück nach Thailand. Die Erlebnisse dort, besonders die Impulse, die ich im Kloster und von vielen Menschen erhalten hatte, lebten noch in mir fort, so dass ich mir hier wiederum unbewusst geistige Anregung versprach.

Ich landete mit meinem Boot etwas nördlich der Halbinsel Phuket an einem bezaubernden Küstenstreifen des indischen Ozeans. Der Urwald reichte hier bis wenige Meter an das Meer heran, davor ein herrlicher, menschenleerer Sandstrand, soweit das Auge reichte. Diese Küste gehörte zu einer Farm, auf der ich für die nächsten zwei Jahre Arbeit und Brot und sehr viel geistige Nahrung fand.

Die Farm mit einem recht kargen, teilweise verwüsteten Sand-boden lag sehr einsam inmitten eines ausgedehnten Urwaldgebietes voller Ursprünglichkeit und Natürlichkeit. Die nächste Nachbarfarm war etwa zwei Stunden entfernt. Bis zum nächsten größeren Dorf war es fast eine Tagesreise. So bildeten die Bewohner der Farm, der Besitzer, ein Verwalter und etwa fünfzehn Arbeitskräfte, alle zusammen mit ihren Familien rund hundertfünfzig Menschen eine geschlossene Gemeinschaft, in der jeder auf den anderen angewiesen war. Hier erfuhr ich den Geist einer Kooperation. Keine Gleichmacherei oder problemverschiebende Gruppendynamik. Vielmehr klar umrissene Aufgaben, was jeder an seinem Platz zu tun hatte, um ständig selbst dafür zu sorgen, dass die Bilanz zwischen Geben und Nehmen ausgeglichen wurde.

Für mich war weniger entscheidend, was sie taten, sondern wie sie es taten. Der Besitzer hatte sich vorgenommen, dieses durch Ausbeutung der Rohstoffe einst von Menschenhand geschaffene Ödland wieder zu einem Stück Natur zurück zu entwickeln, das gleichwohl die Menschen, die hier lebten, ernähren sollte. So wählte er den Anbau der Nutzpflanzen und der Fruchtbäume und ebenso seine Viehzucht nicht vordergründig danach aus, was entsprechend der Marktsituation die höchsten Preise versprach, sondern danach, was in diese Landschaft natürlich hineinpasste, auch in der Natur einen geschlossenen Kreislauf von Geben und Nehmen erlaubte und Pflanzen und Tiere in einer Symbiose miteinander verband, in der auch die Menschen sowohl als nehmendes, aber ebenso als gebendes Element eingebunden waren.

Auf meinen Vorschlag hin, wie in meiner Heimat durch eine Mineralstoffdüngung die Erträge zu erhöhen, schüttelte der Besitzer nur ablehnend den Kopf und erklärte: „Ich dünge nicht, um die Erträge zu steigern, sondern um das natürliche Gleichgewicht zu erhalten. Dann werden auch die Erträge schon stimmen. Durch unsere Ernten und Viehhaltung nehmen wir etwas aus dem Boden heraus. Also müssen wir auch wieder etwas zurückgeben."

Dieses Zurückgeben bestand aus Humus, der mittels moderner Zerkleinerungstechniken und einer eigenen Regenwurmzucht, aus Ästen, Abfall, Sand und Kuhdung hergestellt wurde.

Der Besitzer verstand seine Aufgabe darin, die Ziele für die Entwicklung der Farm und für die anfallenden Aufgaben fest-zulegen, diese dann mit den Mitarbeitern, insbesondere dem Verwalter, ausführlich zu besprechen, die Mitarbeiter so zu unterstützen, dass sie möglichst selbstständig ihre Arbeiten bewältigen konnten, und schließlich die Aufgabenerledigung zu kontrollieren. An langen Tropenabenden habe ich oft mit ihm über moderne Managementmethoden, Führungsmodelle, Kalkulationsverfahren und über all die Theorien gesprochen, die ich während meines Studiums gepaukt und als der Wissenschaft wichtigste Erkenntnisse kennengelernt hatte. Er erklärte mir daraufhin seine „Theorie" bzw. den Rat, den er vor der Gründung der Farm von einem Chinesen erhalten hatte. „Schaffe dir einen Pfau an. Das ist ein besonders sensibles Tier. Und wenn du so sensibel bist, dass es deinem Pfau stets gut geht, dann geht es auch stets deinem Betrieb gut." Und im Aufstehen fuhr er fort: „Komm, ich zeige dir meine Universität, von der ich Personalführung und Management lerne."

Er führte mich in den Kuhstall zu einem zu früh geborenen Kälbchen, das die Mutter nicht angenommen hatte und das nun mit der Milchflasche großgezogen werden musste.

„Dieses Kälbchen, fuhr er mit seiner Erklärung fort, „muss pünktlich alle zwei Stunden die Milchflasche bekommen. Dabei genügt es keineswegs, die Flasche nur achtlos hinzuhalten, sondern entscheidend sind meine Gedanken dabei, die Zuwendung, die ich dem Kalb schenke. Während ich das Kalb füttere, gibt es für mich nichts Wichtigeres auf der Welt als dieses Tier. Es ist nicht allein die Milch, sondern vielmehr die Pünktlichkeit, Liebe und absolute Hinwendung, die das Kalb wachsen lassen. Und ebenso ist es in einem Betrieb."

Ich habe in diesen Wochen und Monaten mehr und tieferes Wissen erfahren als in den vielen Jahren zuvor in der Schule und an der Universität. Mir schien, früher hatte ich in unseren toten Lernmaschinen auch nur toten Ballast aufgenommen, der müde, satt und schwerfällig macht. Hier erfuhr ich lebendiges Wissen, das frei, leicht und offen machte. Und immer wieder lief es darauf hinaus, dass nicht so sehr entscheidend ist, was wir tun, sondern wie wir etwas mit welcher geistigen Einstellung verrichten.

Als der Verwalter eines Tages auf die Idee kam, auf der Farm ein Schlachthaus einzurichten, um die Mastrinder selbst zu schlachten und damit den Gewinn ganz beträchtlich zu erhöhen, da gab es lange und intensive Gespräche. Mit sehr viel Geduld wurden über einen längeren Zeitraum Investitionskosten, Risiken, Preise, Gewinnaussichten usw. ausführlich besprochen. Und als endlich feststand, dass dieses Schlachthaus ein sehr lohnendes Vorhaben war, da fragte uns der Besitzer: „Wir wollen hier eine Farm wachsen lassen. Glaubt ihr, dass in einem blutgetränkten Boden etwas wachsen kann? Könnt ihr in Frieden hier leben, wenn ihr das Gebrüll der Rinder vor der Schlachthalle hört? Könnt ihr die Rinder mit Liebe füttern, wenn ihr in deren Augen bereits die Angst vor dem Schlachthaus erkennt? Und seid ihr bereit, die Tiere selbst abzustechen, und wenn nein, wie könnt ihr diese Arbeit von jemand anderem verlangen?"

Wir konnten es nicht. Das Schlachthaus wurde nicht verwirklicht. Ich war mit dieser Entscheidung gern einverstanden und erregte mich nur gegenüber dem Besitzer: „Sie wussten das Ergebnis doch schon von Anfang an. Warum haben Sie uns dann nur tagelang mit Kalkulationen und Kostenrechnungen beschäftigt?"

„Mir kommt es auf unsere Motive und Ziele an. In dem vollen Bewusstsein, dass wir auf ein gutes risikoloses Geschäft verzichteten, war es eine klare Entscheidung für unsere Ziele. Sonst wäre es halbherzig für die Farm gewesen. Wir hätten später vielleicht gesagt: Vielleicht war das Risiko doch zu groß oder die Kosten zu hoch."

Diese geistige Grundeinstellung erfuhr ich bei vielen anderen Gelegenheiten täglich. Wenn die Ernte einmal besonders gut ausgefallen war, dann überbrachte der Besitzer einen kleinen Teil des Erlöses in einem Briefumschlag dem König, der zum Empfang solcher Geschenke extra eine Sprechstunde abhielt. Auf mein erstauntes Fragen, dass er doch bereits Steuern bezahlte, erklärte er nur: „Wenn ich heute nicht bereit bin zum Teilen, warum sollte dann morgen die Natur bereit sein, mit mir zu teilen und mir eine gute Ernte schenken. Außerdem braucht der König das Geld für unseren Staat." Und mit einem schelmischen Lächeln in den Augen fügte er hinzu: „Je mehr die freiwillig spenden, die etwas abgeben können, desto geringer fallen die Steuern aus. Es ist doch schöner, mit frohem Herzen etwas freiwillig zu geben als es mit Groll zwanghaft aus der Tasche gezogen zu bekommen."

Diese Weisheit des Teilens erlebte ich auf noch viel eigentümlicherer Weise. Im Sommer zogen Eingeborene durch das Land und stahlen die Früchte von den Bäumen der Farm. Als wir dies mit Gewalt verhindern wollten, wurde entschieden „Nein, keine Gewalt. Wenn die Eingeborenen hier etwas von unseren Früchten nehmen, dann teilen wir mit ihnen, wie die Natur mit uns teilt. Und wenn sie zu viel nehmen, dann werden wir uns mit natürlichen Mitteln wehren. Wir pflanzen eine Dornenhecke an, die den Dieben das Nehmen erschwert. Außerdem bietet eine solche Hecke unseren Rindern einen guten Sonnenschutz."

Nun war es keineswegs so, dass auf der Farm chaotische Zustände herrschten. Im Gegenteil, das zugrunde liegende geistige Prinzip sorgte für eine deutlich prägende Ordnung. Es herrschten auch klare Hierarchien: ganz oben der Besitzer, dann der Verwalter, danach die Vorarbeiter und schließlich die Arbeiter. Jede hatte auf seiner Stufe klare Aufgaben, was er selbst für sich und für andere zu tun hatte. Somit übernahm jeder für sein eigenes Tun und in unterschiedlichem Ausmaß zugleich Verantwortung für das Ganze.

Eine besondere Art von Hierarchiestufe schienen mir die Kinder zu genießen. Ihnen wurde jede nur erdenkliche Hilfe und Unterstützung gegeben. Sie wurden ein wenig fast so wie junge Prinzessinnen und Prinzen behandelt. Von den Farm-bewohnern erfuhr ich dazu ihre Philosophie: „Die Kinder sind nicht unser Eigentum. Sie sind ein Geschenk, das wir auf Zeit erhalten haben. Sie haben in ihrem Leben ihre Bestimmung noch nicht erreicht, und wir wollen für sie alles tun, damit sie alle Chancen haben. Ein Erwachsener, etwa ein Vierzigjähriger, der hier auf der Farm arbeitet, hat seine Bestimmung als Farmarbeiter gefunden. Wir behandeln ihn dann auch als solchen. Warum sollten wir ihm etwas anderes vorgaukeln, wenn er doch seine Bestimmung für sein Leben erreicht hat? Aus den Kindern können dagegen Farmarbeiter, Professoren, Mönche oder vielleicht Politiker werden. Wir kennen ihre Bestimmung nicht. Die müssen sie selbst herausfinden. Wir können sie nur intensiv nach unseren besten Kräften unterstützen."

Dass dies nicht nur schöne Worte waren, erfuhr ich bald. Der älteste Sohn eines Arbeiters hatte sich im Schulunterricht, den die Frau des Farmbesitzers erteilte, als besonders begabt erwiesen. Er sollte nun in Bangkok eine weiterführende Schule besuchen und später dort auch studieren. Es war keine Frage, die Kosten dafür trug wie selbstverständlich die Farm. Und während seines Aufenthalts in Bangkok sollte der junge Mann bei den Eltern des Besitzers wohnen.

Wie hatte mir doch der Farmbesitzer erklärt? Das Kalb gedeiht nicht nur durch die Milch. Es braucht vor allem Liebe und Zuwendung. Und insgeheim stellte ich mir die Frage, wie viele Menschen daheim in ihren Villen auf der Elbchaussee bereit seien, mit ihren Steuergeldern nicht nur ein Studium für das Kind eines Mitarbeiters zu finanzieren, sondern den Studenten auch in ihren Häusern aufzunehmen und ihnen Liebe und Zuwendung zu schenken.

Mit ähnlicher vergleichbarer Grundhaltung funktionierte auf der Farm auch das Gesundheitssystem. Eine Pflichtkrankenversicherung gab es nicht. Jeder war für seine Gesundheit zunächst selbst verantwortlich. Die größeren, für den einzelnen untragbaren Risiken trug die Gemeinschaft. Als die Tochter eines Kuhhirten einer aufwendigen Augenoperation bedurfte, trug die Kosten dafür die Farmgemeinschaft. Und selbstverständlich wurden auch die Aufenthaltskosten der Mutter im Krankenhaus mitfinanziert, damit das Mädchen auch im

Krankenhaus nicht auf die Mutter verzichten müsste. Wie sollte es sonst ohne die mütterliche Liebe und Zuwendung, ohne Schaden zu nehmen, wieder schnell gesund werden?

Ich erlebte auf dieser Farm den Geist der Kooperation, die geistige Erneuerung, die ich so lange vergeblich gesucht hatte. Ich erfuhr dort den Geist von Utopia, der mich ebenso ansteckte wie in den Jahren zuvor auf der Insel mich die Krankheit der Geistlosigkeit befallen hatte.

Ich nahm nun bewusst Dinge wahr, die ich vorher einfach nicht sehen konnte, lernte zig verschiedene Orchideensorten unter-scheiden und entdeckte, dass jede Orchidee ein eigenständiges Kunstwerk der Natur war.

Ich erfuhr den Geist eines Mönches, der hier auf der Farm als Kuhhirt arbeitete, darunter keineswegs litt, sondern im Gegenteil seine Lebensbestimmung gefunden hatte.

Ich erlebte, dass Blumen, die ich eher achtlos in den Boden pflanzte, nur kümmerlich wuchsen, und die gleichen Blumen im gleichen Boden, von mir mit Zuwendung und Aufmerksamkeit gepflanzt, ihre gesamte Pracht wundervoll entfalteten, so als wollten sie mir etwas von dem zurückgeben, was ich zuvor getan hatte.

Ich freute mich mit einem Farmarbeiter, der einen besonders großen schmackhaften Fisch gefangen hatte und allen anderen genau erklärte, wo und wie er ihn gefangen hatte, damit auch alle anderen es dort versuchen konnten. Und selbstverständlich teilte er den Fisch mit uns. In einer so mondhellen Nacht, dass die Bäume scharfe Schatten warfen, verspeisten wir den köstlichen Fang und lauschten alten Märchen und Geschichten, die jeder zu erzählen wusste.

Ich erlebte Agrarstudenten, die nach Beendigung ihres Studiums für zwei Jahre bei bescheidenem Entgelt auf der Farm arbeiteten, weil sie nicht nur über Umweltschutz reden, sondern durch ihre Mitarbeit die natürliche Bewirtschaftungsform unterstützen und damit gleichzeitig der Gesellschaft, die ihnen das Studium aus Steuergeldern ermöglicht hatte, etwas zurückgeben wollten.

Ich nahm diesen Geist um das jahrhundertealte lebendige Wissen wie eine köstliche Speise zu mir. Im europäischen Sinne des Lernens lernte ich eigentlich wenig. Jedoch wurde das Erfahrene jeden Tag ein Stück mehr von mir. Und jeden Tag entdeckte ich mehr ein kleines Stück von Utopia in mir.

Ich hatte auf dieser Farm Utopia gefunden. Sehr wohl war mir bewusst, dass die Lebensweise dieser kleinen Gesellschaft auf dieser abgeschiedenen Farm kaum auf die Millionenstädte unserer Industrienation übertragbar war. Aber der dahinterstehende Geist müsste doch überall anwendbar sein.

Vor zwei Jahren war ich vor meinen Aufgaben von der Insel geflohen. In der Zwischenzeit war mir bewusst geworden, dass niemand seiner Bestimmung, seinen sich letztlich selbst gestellten Aufgaben fortlaufen kann. Meine auf der Insel ungelösten Aufgaben würden mich mein Leben lang nicht mehr loslassen. Ich konnte mein Lebensziel nur finden, wenn ich die Aufgaben löste, vor denen ich einst davongelaufen war.

Also nahm ich eines Tages schweren Herzens Abschied von der Farm, bestieg mein Boot und segelte wieder fort. Ich hatte aufgehört, Utopia irgendwo in der Welt zu suchen, es vielmehr ein ganz klein wenig in mir selbst entdeckt. Genau in diesem Moment, als die äußere Suche für mich bedeutungslos geworden und der erste kleine Schritt auf einen inneren Weg getan war, erreichte ich eine Insel, die auf keiner meiner Seekarten verzeichnet war. Ich gab ihr den Namen Utopia 2025.

* * *

An dieser Stelle unterbrach Klaus Kraning zum ersten und einzigen Mal die Erzählung seines Freundes. „War es dieselbe Insel, die du zwei Jahre zuvor enttäuscht verlassen hattest?"

„Was spielt es für eine Rolle?", erwiderte Peter Hartung. „Ob es dieselbe oder eine andere Insel war – für mich war allein entscheidend, dass ich mich in der Zwischenzeit verändert hatte und damit auch die Wirklichkeit für mich eine andere war."

Klaus konnte zwar diese Argumentation nicht vollständig akzeptieren, gab sich jedoch mit dieser Erklärung zunächst zufrieden und lauschte weiter gespannt Peters Bericht.

***

Die Bewohner der Insel erlebten sehr schwierige Zeiten. Ein unglückseliger Krieg hatte tiefe Wunden geschlagen, die zwar äußerlich gut verheilt, jedoch immer noch schmerzhafte Narben hinterließen. Dieser Krieg hatte die ursprünglich sehr wichtigen Absatz- und Handelsgebiete im Osten abgetrennt. Und so war die Insel von einer ehemals zentralen Lage an den äußeren Rand des wirtschaftlichen Geschehens gerückt.

Der Hafen, der weltweite Handel und ein kerngesunder Mittel-stand waren einst Herz und Antriebskraft und hatten den Inselbewohnern zu Wohlstand und Ansehen verholfen. Doch die Veränderungen in der internationalen Arbeitsteilung, ein stark expandierender Luftverkehr, die dynamische Entwicklung neuer Techniken an anderen Orten der Welt – kurzum die weltweite, fast sprunghafte Veränderung der wirtschaftlichen Rahmenbedingungen hatte fast unbemerkt zunächst den Hafen in einen Abwärtstrend geführt und später den Handel und die gewerbliche Wirtschaft in eine tiefgehende Rezession einbezogen. Arbeitsplätze gingen verloren, Firmenpleiten häuften sich, und die Arbeitslosigkeit erreichte bedrohliche Ausmaße.

Die gesamte Gesellschaft auf der Insel stand diesen Entwicklungen hilflos gegenüber. Man wertete dies alles als einen konjunkturellen vorübergehenden Einbruch der Wachstums-kräfte. Als jedoch der Wiederaufschwung ausblieb und die Probleme immer deutlicher zutage traten, ergriff man Maßnahmen, mit denen man Jahrzehnte zuvor erfolgreich war, damals jedoch für ganz andere Aufgaben, so dass nun die ehemaligen

Erfolgsrezepte nicht halfen, eher die strukturellen Schwierigkeiten weiter verschärften.

Nun setzte ein allgemeines Gezeter ein. Die zentralen Einrichtungen, insbesondere der Staat, wurden immer nachdrücklicher aufgefordert, für eine Besserung zu sorgen. Doch die Zentralen waren mit diesen Aufgaben hoffnungslos überfordert. Der Staat nahm zwar alle Aufgaben an und seinen Bürgern die Verantwortung ab, aber immer, wenn er etwas regelte, was eigentlich Aufgabe des privaten Bereichs war, so fand der Staat viel schlechtere und sehr viel teurere Lösungen. Damit förderten die Zentralen das weitere Wachstum der Schwierigkeiten. Erst als der Problemdruck das Maß der Unerträglichkeit erreicht hatte, entschlossen sich zunächst Einzelne und dann immer mehr, mit eigenem Handeln innovative Wege zu beschreiten.

Diese Phase der Entwicklung kündigte sich zunächst mit Unmutsäußerungen wie „Von oben kommt nichts Gutes" an und führte dann zu Einsichten wie „Es gibt nichts Gutes, außer man tut es".

Getreu dieser Einsicht begann ein Kraftfahrzeug-Handwerker, seine Mitarbeiter schrittweise an Vermögen des Betriebes zu beteiligen und auf diese Weise zu Mitunternehmern zu machen. Der eigene Verband war äußerst skeptisch, die Gewerkschaft strikt dagegen. Sehr schnell nahmen jedoch die Eigenkapitalausstattung des Betriebes und die Verantwortung der Mitarbeiter für ihren Betrieb spürbar zu. Die Arbeitsplätze wurden sicherer und kontinuierlich mehr.

Ebenfalls gegen den Willen seines Verbandes und der Gewerkschaften traf ein Elektronikunternehmen mit den Mitarbeitern eine Betriebsvereinbarung, in der die ständige volle Ausschöpfung der Rationalisierungsreserven und die Reinvestition der Rationalisierungsgewinne beschlossen wurden. Auch dieses Unternehmen expandierte zum Erstaunen der warnenden Experten aus den Zentralen.

Handwerker entwickelten Techniken der Energieeinsparung oder neue Produktionstechniken, um mit geringeren Kosten hochwertige langlebige Güter herzustellen. Sie schafften damit finanzielle Erleichterungen und zusätzliche sichere Arbeitsplätze.

Einzelne Privathaushalte schlossen sich zu Clubs und Vereinen zusammen und übernahmen in ihrer Freizeit unentgeltliche Aufgaben der sozialen Integration oder Altenpflege, die der Staat nicht leisten konnte.

Überall auf der Insel entstanden vereinzelt solche innovativen Versuche. Sehr viele führten zum Erfolg, und ebenso viele scheiterten. Man begann jedoch, den Misserfolg nicht als Entmutigung, sondern gewissermaßen als Vorstufe zum Erfolg, als Aufforderung zum Weitermachen aufzufassen. Irgend-jemand hatte diese Einstellung in die Parole gekleidet: „Edison hat über 2000 Fehlversuche gebraucht, um dann endlich die Glühbirne zu entwickeln. Hätte er vorher aufgegeben, so säßen wir heute noch im Dunkeln".

Mir fiel besonders auf, dass das Wort ‚Problem' zunehmend aus dem Wortschatz der Inselbewohner verschwand. Man sprach von Herausforderungen und

Aufgaben und besonders gerne von Chancen. Wo es früher hieß „Ach, ein Problem", sagte man nun immer häufiger „No problem".

Diese innovativen Versuche entstanden an Orten, wo sie kaum jemand vermutet hätte. Sie gediehen nicht in den Hochschulen oder industriellen Forschungslabors, sondern in Hinterhofwerkstätten, Privathaushalten oder kleinen Handwerksbetrieben. Diese sichtbaren Zeugen eines beginnenden Umdenkungsprozesses waren eher etwas Chaotisches. Gewissermaßen Vorboten einer neuen Zeit, die jedoch noch nicht zur breiten Wirkung und zum Durchbruch gelangten. Es fehlte ihnen die Unterstützung einer fördernden Führung. In meinen Gedanken verglich ich die Insel mit einem Ameisenhaufen, in dem die einzelne Ameise voll ungebrochenen Tatendrangs herumwirbelt, jedoch ohne eine Königin hilflos war. Auf der Insel bestätigte sich wieder einmal, dass auch jede menschliche Gesellschaft der Führung bedarf.

Nun standen Neuwahlen vor der Tür, und die Kandidaten für das Amt des Regierungschefs versprachen wahre Wunderdinge, die sie für ihre Wähler tun wollten. Nur die einzige weibliche Kandidatin, Vertreterin einer etablierten Partei, deren Abgeordnete lange die harten Bänke der Opposition gedrückt hatten, wurde nicht müde, ihren Wählern zu versichern: „Ich kann für euch nicht die Aufgaben lösen, die ihr selbst bewältigen müsst. Ich werde jedoch alles, was ich kann, tun, dass ihr die Möglichkeiten und Kräfte bekommt, eure Aufgaben auch selbst zu lösen."

Während ihre Mistreiter die Sterne vom Himmel versprachen, versprach sie nichts. Sie brauchte stets wenig Worte, forderte umso mehr ihre Wähler auf, ihr Handeln sorgfältig zu beobachten, selbst Erfahrungen zu sammeln, sich ein eigenes Bild zu machen und danach die Stimme abzugeben.

Diese Frau wurde zur Überraschung der anderen, vielleicht sogar der eigenen Partei, mit deutlicher Mehrheit gewählt. Und nun setzte mit sehr viel Geduld und höchster Zuverlässigkeit ein Prozess ein, den ich auf der Farm beim Füttern des Kalbes beobachtet hatte: Es gab wenig, gerade ausreichend genug Milch, umso mehr Zuwendung, Liebe, Vertrauen, Toleranz und Spielräume für eigene Entwicklungschancen.

Genau mit diesem Bild hatte ich direkt die Regierungschefin angesprochen, als ich sie einige Monate nach ihrer Wahl in der S-Bahn traf. Schmunzelnd meinte sie, diese Bild würde ihr durchaus gefallen. Nur mit einem Viehzüchter hätte sie bislang noch keiner verglichen.

Als ich mich darauf hin ein wenig erstaunt zeigte, dass sie neben mir so einfach in der S-Bahn säße und sich mit mir freundlich unterhalten würde, stellte sie nur fest: „Warum soll ich nicht mit der S-Bahn fahren? Dies habe ich früher getan, und dies tue ich heute ebenso. Schließlich erlebe ich hier auch die Bürger unserer Insel mit ihren Sorgen und Hoffnungen. Sollte ich dies für mich wichtige Wissen etwa aus toten Akten herauslesen? Und ich erhalte hier ausgerechnet in der S-Bahn sehr viele Anregungen und Kraft für meine Aufgaben – so wie heute von Ihnen. Das Gespräch hat mir viel

Freude gemacht und damit Energie für den ganzen Tag gegeben."

Einige Wochen später traf ich die Regierungschefin in dem Unternehmen wieder, in dem ich arbeitete. Plötzlich stand sie vor mir, unangemeldet, und erklärte einfach: „Ich bin hier gerade vorbeigekommen, habe eine halbe Stunde Zeit, und wollte mich gern erkundigen, wie es so hier im Betrieb geht, woran Sie arbeiten, was es Neues gibt."

Ich war so verblüfft und hatte sie wohl mit offenem Mund angestarrt, so dass sie amüsiert erklärte: „Wir kennen uns bereits aus der S-Bahn, junger Freund. Sie haben mir damals das Gleichnis von dem Füttern des Kalbes erzählt. Ich habe dieses Bild an alle Mitglieder meines Kabinetts weitergegeben. Jeder Minister muss seitdem täglich mindestens einen Betrieb, eine Familie, ein Krankenhaus oder sonst eine Einrichtung seines Wirkungsbereichs aufsuchen."

Nachdem ich mich von meinem Erstaunen erholt hatte, dass sie mich nach der flüchtigen S-Bahn-Bekanntschaft wiedererkannte, fragte ich neugierig nach der Philosophie ihres Regierungshandelns. Ohne Zögern erklärte sie spontan, „wer ein Volk führen will, muss ihm folgen."

„Ist das nicht zu einfach?", fragte ich zweifelnd. „Sie können doch als Regierungschefin nicht einfach dem folgen und das tun, was Ihnen jemand aus dem Volk erzählt."

„Dem Volk folgen, hat für mich eine andere Bedeutung", erwiderte sie ernsthaft. „Ich verstehe darunter, offen zu sein, vor Ort zu erfahren, wo der Schuh drückt, Chancen für unsere Stadt zu erkennen. Aus solchen direkten, möglichst unverfälschten Information forme ich mir ein eigenes Bild, das mein Handeln bestimmt und das ich auch uneingeschränkt verantworte."

Diese Form der politischen Führung war vom Erfolg gekrönt. Es dauerte zwar sehr lange, bis sich erste Wirkungen zeigten, aber sie waren umso beständiger. Überall in der Stadt nahmen die Eigeninitiativen zu. Gefordert und damit gefördert wurden Eigenverantwortung, Phantasie, Kreativität und selbstständiges Handeln. Überall auf der Insel hingen Plakate mit einem Zitat von Einstein: „Ideen sind wichtiger als Wissen". Darüber entspann sich eine heftige Diskussion. Viele, die neue Wege ausprobierten, stimmten zu. Andere befürchteten, dass ihre Kinder vielleicht fehlgeleitet würden und in den Schulen das eingepaukte Wissen weniger und Ideenreichtum zu sehr gefördert würden. Als der Bildungsminister dazu in einem Fernsehinterview befragt wurde, erklärte er: „Der Geist, die Ideen bewegen unsere Welt. Schauen Sie Jesus an. Er hat vor 2000 Jahren das Christentum verkündet, eine Idee, eine geistige Botschaft, die uns heute noch beschäftigt und in unserer Welt mehr bewirkt hat als alles andere."

Die Diskussion war damit zwar nicht beendet, Einsteins Zitat hatte jedoch genau den gewünschten Effekt ausgelöst. Man befasste sich auf der Insel intensiver mit solchen Gedanken und vollzog damit immer mehr ein Stück der geistigen Erneuerung. Denn die politische

Führung konnte und wollte keineswegs auch die geistige Führung übernehmen. Sie konnte nur Anstöße geben, Angebote machen, zur Auseinandersetzung einladen und Wegweiser aufstellen. Gehen musste diesen Weg jeder für sich.

Schon bald wurden die Einstein-Plakate ersetzt durch Mitteilungen über neueste Entwicklungen, neue technische Verfahren, Erfindungen, soziale Erneuerungen, Ideen und Denkanstöße. Der Vorschlag eines Schülers für einen verbesserten Umweltschutz, das neue Schweißverfahren eines Mechanikers, die von einem Pastor initiierte Familienselbsthilfe wurden ebenso kundgetan wie Forschungsergebnisse der Universitäten und die Erfolge eines natürlichen Heilverfahrens eines etablierten Arztes. Schon bald setzte ein regelrechter Wettbewerb um Ideen und insbesondere um Taten zur Weiterentwicklung auf der Insel ein. Dieser Prozess war in seiner Vielfältigkeit zentral nicht zu steuern. Die Zentralen sorgten eher dafür, dass sich ein vielschichtiger, breitgefächerter Prozess entwickeln konnte. Die Ergebnisse waren nie vorhersehbar. Wenn beispielsweise eine Initiative der Industrie namens ‚Job-Kreation' stolz verkündete, dass die Anstrengungen zur Förderung von wirtschaftlichen Existenzgründungen dazu verhalfen, dass von 100 neugegründeten Betrieben nach drei Jahren 82 noch erfolgreich am Markt tätig waren, wurden sie von der Wirtschaftsministerin mit den Worten weiter angespornt: „82%, das ist eine beachtliche Leistung. Aber diese Höhe signalisiert vielleicht auch, dass sie noch lange nicht alle Potentiale ausgeschöpft und nicht innovativ und risikofreudig genug waren."

Überall auf der Insel wuchsen die Früchte des neuen Denkens wie Pilze aus dem Boden. In allen Lebensbereichen entstanden gewissermaßen kleine Inseln, die zunächst isoliert voneinander neue Entwicklungen und konkrete Wege der Eigenverantwortung erprobten, langsam immer größer wurden, zusammenwuchsen und so neues Festland als sicheres Fundament für alle entstand. Vornehmliche Aufgabe der Politiker war es, alle gesellschaftlichen Gruppen und Initiativen mit einem dichten, häufig inoffiziellen Netz der Kommunikationsmöglichkeiten miteinander zu verbinden.

In der Wirtschaft hatte man erkannt, dass einerseits Großunternehmen besonders stark von Arbeitsplatzverlusten betroffen waren und andererseits Kleinbetriebe aufgrund ihrer Organisation besonders stabil und zugleich sehr flexibel waren. Die Organisationsform des kleineren Handwerksbetriebes wurde zum Vorbild für die Wirtschaft. In den Großunternehmen wurde eine Vielzahl kleiner, weitgehend selbstständig arbeitender Einheiten geschaffen. Durch die Nutzung der Mikroelektronik und insbesondere durch moderne Kommunikationstechniken konnten sowohl die Vorteile der Arbeitsteilung vollständig genutzt als auch in den einzelnen Einheiten wieder ganzheitliche Arbeitsweisen und Überschaubarkeit hergestellt werden. Dies alles war möglich geworden, weil man den technischen Fortschritt intensiv verband mit einem organisatorischen Fortschritt. Weiterentwickelt wurden die Aufbau-, Ablauf- und Führungsorganisationen. Es gab vielfältige Formen der materiellen und immateriellen Mitarbeiterbeteiligung, der Teilzeitarbeit und der flexiblen Arbeitszeitgestaltung. Dieser umfassende Prozess einer Dezentralisierung, Kooperation und jegliche Stärkung der Mitgestaltung und Eigenverantwortung wurden auf der Insel Organisationsentwicklung genannt. Vorbild dazu war übrigens für die Wirtschaft in gewissem Sinne die Organisationsentwicklung in den Ministerien und öffentlichen Verwaltungen, die von der neuen politischen Führung mit aller Kraft und ebenso viel Geduld gefördert wurden.

Zwischen Wirtschaft und Verwaltung bestand eine vollständige Durchlässigkeit. Der regelmäßige Wechsel der Mitarbeiter vom öffentlichen Dienst in die freie Wirtschaft und umgekehrt war fast selbstverständlich geworden. Selbst viele Lehrer gingen nach Beendigung ihrer vierjährigen Wahlzeit an einer Schule für einige Jahre in Wirtschaftsunternehmen. Das Berufsbeamtentum hatte man abgeschafft, weil man herausfand, dass es für die Beamten selbst von großem Nachteil war. Die großen Sicherheiten des Beamtentums mussten sie nämlich erkaufen mit einer weitgehenden Preisgabe ihrer Freiheit infolge starrer Bindungen an den Staat.

In allen Lebensbereichen wurde Kooperation großgeschrieben, ganz besonders auch in den Unternehmen. Im Rahmen allgemeingültiger Tarifvereinbarungen wurden nur noch die Jahresarbeitszeit sowie für grob definierte Tätigkeitsgebiete der Mindestlohn geregelt. In diesem weiten Rahmen wurden in den Betrieben direkt zwischen Unternehmensleitung und Mitarbeitern Einzelabkommen zur Arbeitszeit, Lohn, Kapitalbeteiligung oder Mitwirkung getroffen. Die Folge war eine bunte Vielfalt, die am besten den individuellen Ansprüchen und den Erfordernissen der Unternehmen gerecht wurde, neue Entwicklungschancen eröffnete und so viel zusätzliche Beschäftigungsmöglichkeiten erlaubte, dass die Arbeitslosigkeit nachhaltig und drastisch gesenkt werden konnte.

Verbände und Gewerkschaften übernahmen zunehmend die Rolle, ihre Mitglieder mit bedarfsgerechten Informationen zu versorgen, auf neue Entwicklungen und Chancen frühzeitig aufmerksam zu machen und Unternehmensleitung und Mitarbeiter ständig zur positiven Annahme von Herausforderungen anzuspornen. Die Verbände wurden geführt und organisiert wie Wirtschaftsbetriebe. Teilweise hatten sie für ihre Mitglieder wirtschaftliche Leistungen zu erbringen. Solche neuen überbetrieblichen Dienstleistungen betrafen beispielsweise den Betrieb von technischen Entwicklungszentren, die Organisation von Technikparks und Maschinenringen oder den wirtschaftsnahen Betrieb von Weiterbildungseinrichtungen.

Bezüglich solcher Gemeinschaftslösungen und überbetrieblichen Kooperationsformen besonders kreativ und erfolgreich waren die Handwerker. Sie schufen ein Zentrum für Energie-, Wasser- und Umwelttechnik, in dem ihre Mitarbeiter geschult, neue Umwelttechniken entwickelt und Verbraucher beraten wurden. Sie gründeten Genossenschaften und Arbeitsgemeinschaften, um ihren Kunden Dienste aus einer Hand mit perfektem Service und hochwertiger Qualität anzubieten. Entwickelt wurden Fortbildungseinrichtungen, die den Prozess des lebenslangen Lernens organisierten und später sogar auf privatwirtschaftlicher Basis Hochschulstudien anboten. In einer Fernsehsendung nach den

Gründen zu der hohen Kooperationsbereitschaft befragt, hatte ein Handwerksmeister die Lacher auf seiner Seite, als er gewitzt antwortete: „Versuchen Sie einmal, mit einer Hand zu klatschen. Es gehören mindestens immer zwei dazu."

Im Gesundheits-, Sozial- und Bildungsbereich konnten immer mehr ehemals nicht oder vom Staat mehr schlecht als recht erfüllte Funktionen wieder in Eigenverantwortung der privaten Haushalte verlagert werden. Frauen und Männer aus unterschiedlichen Berufen, insbesondere auch viele ältere Menschen, betreuten in kleinen Gruppen sozial- und lernschwache Jugendliche, so dass diese in Unternehmen beruflich ausgebildet und in das Berufsleben integriert werden konnten.

Der Wohnungsbau wurde so weiterentwickelt, dass Alt und Jung zwar in jeweils eigenen, räumlich jedoch verbundenen Wohnungen zusammenleben konnten. Kranke und Ältere konnten in ihrer gewohnten Umgebung gepflegt werden. Sterbende konnten sich in ihren Familien vom Leben verabschieden und mussten nicht in sterilen Sterbeabteilungen anonymer Gesundheitsmaschinen ihre letzten Stunden verbringen.

Die soziale Sicherung wurde schrittweise auf eine Grundsicherung abgesenkt und dementsprechend die Pflichtbeiträge reduziert. Die Beitragseinsparungen wurden als zusätzlicher Bestandteil des Lohns direkt ausgezahlt. So konnte jeder frei entscheiden, in welcher Form er eine Vorsorge traf, um für seinen Lebensabend das Existenzminimum der pflichtmäßigen Grundversicherung entscheidend aufzubessern. Hinzu trat eine dritte, sehr wichtige Säule der sozialen Sicherung, die Vermögensbildung. Immer mehr Menschen beschritten diesen Weg, insbesondere durch Anlagen in Produktivkapital mittelständischer Unternehmen, in denen sie auch ihre Arbeitsplätze fanden. Bereits nach sehr kurzer Zeit wurden auf der Insel allein im Handwerk von den Mitarbeitern in einem Jahr über hundert Millionen Euro in ihre Betriebe investiert. Die Eigenkapitalquote der kapitalschwachen Kleinbetriebe nahm damit sprunghaft zu und gab den notwendigen Spielraum zur Finanzierung von Zukunftsinvestitionen. Dieses Finanzierungssystem löste wiederum erhebliche Innovationen bei den Kreditinstituten aus, die sich früher bei Risikofinanzierungen besonders schwer taten.

So entstanden Kettenreaktionen mit intensiven Multiplikations- und Verstärkungseffekten, die vorher keiner voraussehen konnte und die dementsprechend auch nicht planbar waren. Gefördert wurde ein organischer Wachstumsprozess, der tausend unterschiedliche Wege eröffnete und eine bunte Vielfalt erlaubte, die immer wieder zu überraschenden, fruchtbaren Ergebnissen führte.

Ein angesehener Publizist hatte diese Entwicklung in die Formel gekleidet: „Das Muster für Leben ist der Mischwald, nicht die Baumschule". Und der Humus in diesem Mischwald waren selbstbestimmtes, eigenes Handeln, Mut, Toleranz und Freiheit durch Eigenverantwortung.

Diese Werthaltungen, die immer stärker das Leben auf der Insel prägten, hatten auch eine enorme Bedeutung für den Umweltschutz. Selbst in diesem extrem wichtigen Bereich hatte die Regierung nicht mit mehr Staat, sondern im Wesentlichen mit zwei grundlegenden, in ihren Auswirkungen sehr weitreichenden Entscheidungen gehandelt. Der Umweltminister bezeichnete dies als die Politik der richtigen Signale.

Zunächst wurde einmal festgestellt, dass Ökonomie und Ökologie kein Gegensatz sein müssen. Daraus wurde das Ziel formuliert „Wir wollen Ökologie durch Ökonomie". Da Umweltgüter extrem knapp geworden waren, mussten sie auch einen entsprechenden Preis haben, damit sie in wirtschaftliches Handeln einbezogen werden konnten. Nach dem Prinzip „Je knapper ein Umweltgut, desto höher der Preis" wurden in allen Sektoren regelrechte Umweltmärkte geschaffen. Gehandelt wurde mit Luftzertifikaten. Die Preistarife für Energie und Wasser wurden so umgestellt, dass der geringste Verbrauch belohnt und die Verschwendung über Höchstpreise gewissermaßen bestraft wurde. Das Anreizsystem ging so weit, dass selbst die Geschäftsführungen vieler Unternehmen danach bezahlt wurden, wie viel Energie oder Wasser eingespart wurde. In den Verkaufspreisen von Produkten, beispielsweise von Öl oder Farben, mussten zugleich die Kosten des Recycling oder der Entsorgung enthalten sein. Aufgrund solcher marktwirtschaftlichen Mechanismen wurde eine nachhaltige, tiefgehende Verbesserung der Umweltsituation erreicht, die notwendigen Finanzen für Umweltinvestitionen erwirtschaftet und umfangreiche wirtschaftliche Betätigungsfelder mit großen Beschäftigungseffekten eröffnet. Bereits nach wenigen Jahren zeichnete sich ab, dass die Insel weltweit führend in Umwelttechniken wurde und begonnen hatte, Marktfelder von morgen zu sichern und zu erobern.

Zum anderen hatte die Regierung bewusst darauf verzichtet, ein umfassendes staatliches Umweltprogramm mit Kosten aufwendigen Messungen und immer mehr Vorschriften zu erlassen. Stattdessen wurde praktisch jeder Bürger zum Umwelt-Schützer und –Beobachter. Die 1,7 Millionen Bewohner der Insel ergaben ein ungeheuerlich dichtes, flexibles und zuverlässiges Netz der Umweltbeobachtung. Überall in der Stadt gab es Informationsannahme- und -abgabestellen, wo die Bürger ihre Beobachtungen mitteilen konnten und zugleich Rat für ihr eigenes Handeln erhielten. Bedienstete des Umweltministeriums liefen überdies regelmäßig durch die Stadt, um in den Haushalten und Betrieben Informationen einzusammeln und abzugeben. Sie wurden im Volksmund liebevoll Stadtstreicher genannt, weil sie ständig unterwegs überall in der Stadt anzutreffen waren. Mittels moderner Kommunikationstechnologien wurden die dezentral gesammelten Beobachtungen verdichtet, ausgewertet und wiederum über diese Kommunikationswege dezentral zurückgespielt.

Auch hier ergaben sich vielfältige positive Folge- und Verstärkungseffekte, die auch der kühnste Wissenschaftler nicht vorausplanen konnte. Das große Engagement der Bevölkerung in allen Umweltfragen veranlasste beispielsweise die Banken, besondere Umweltfinanzierungsprogramme aufzulegen. An den Schaltern lagen Listen mit Beschreibungen von einer Vielzahl unterschiedlicher Umweltprojekte aus. Jeder Sparer konnte selbst entscheiden, in welches Projekt mit welchen Zinserwartungen er sein Geld investieren wollte. Vor Ort konnte er sich dann laufend über die Entwicklung seines Projektes informieren und damit eine direkte Beziehung herstellen. Diese Möglichkeit der Mitbestimmung und –Gestaltung machte ein so großes Kapitalvolumen für Umweltmaßnahmen frei, das kein Experte vorher für möglich gehalten hatte.

Wenn ich hier so die Entwicklung auf der Insel Utopia 2025 schildere, wird mir bewusst, dass ich Gefahr laufe, nur die positiven Seiten herauszustellen und damit einen reibungslosen Prozess suggeriere, der gewissermaßen stromlinienförmig immer zum Erfolg führte. Dies war keineswegs der Fall. Es gab mindestens ebenso viele Misserfolge, Irrtümer und Sackgassen. Vieles verlief nach einem Prinzip „Irrtum und Erfolg". Man versuchte einfach einen Weg. War er erfolgreich, freuten sich alle und übertrugen die gewonnenen Erkenntnisse auf alle anderen. War es ein Misserfolg, so hielt man sich nicht lange mit Klagen auf. Das alte Sprichwort „Jammern füllt keine Kammern" war wieder sehr in Mode gekommen.

Fehler wurden als Möglichkeit zum Lernen begriffen. Ein Misserfolg wurde ebenso wie ein Erfolg möglichst vielen mitgeteilt, damit alle daraus lernen konnten. Hatte jemand einen Fehler gemacht, so sprach er darüber offen mit anderen und erhielt dann auch die notwendige Unterstützung, um seinen Fehler beim nächsten Anlauf wieder selbst wett zu machen. Um diesen Lernprozess deutlich zu unterstreichen, hatte man von einem amerikanischen Unternehmen gelernt. Als Signal für den größten Fehler, der irgendwo bekannt geworden war, wurde etwa einmal in der Woche im Hafen eine alte Kanone für alle Inselbewohner hörbar abgefeuert und damit verkündet „Die größte Chance, etwas zu lernen."

Eine besonders schwierige Situation in diesem Entwicklungsprozess ergab sich, als Jugendliche einige alte Häuser besetzten. Die Regierungschefin selbst führte mit den Hausbesetzern eine intensive Diskussion, die vor allem dadurch geprägt war, dass die Regierungschefin durch Fragen und aktives Zuhören die tiefen Ursachen für diese Hausbesetzungen herauszufinden versuchte. Die Gesprächsergebnisse wurden direkt und unverfälscht den Inselbewohnern mitgeteilt, so dass jeder um-fassend über alle Informationen verfügte und ein sehr breiter Austausch in allen Bevölkerungsschichten möglich war. Selbst die behördlichen Stadtstreicher wurden in diesen Austauschprozess einbezogen, gaben Informationen weiter, sammelten Hinweise und Anregungen für die verantwortlichen Politiker.

Den jugendlichen Hausbesetzern, die wirklich alternative Wohnmodelle erproben wollten, wurde an anderer Stelle der Stadt ein Haus angeboten und mit Hilfe von Kreditinstituten ein langfristiges Finanzierungsprogramm entwickelt, sodass sie hier in Eigenverantwortung ihre Vorstellungen erproben und dies auch selbst finanzieren konnten. Nur etwa ein Drittel der Hausbesetzer machte von diesem Angebot Gebrauch.

Für die anderen Jugendlichen waren bestimmte gravierende gesellschaftliche Missstände ursächlicher Auslöser ihres Protestes, den sie mit den Hausbesetzungen unterstreichen wollten. Diesen Fragen wurde sehr sorgfältig und differenziert nachgegangen und alle Daten und Fakten offen auf den Tisch gelegt.

In den Fällen, wo sich die von den Jugendlichen genannten Missstände bewahrheiteten, wurden sofort entsprechende Maßnahmen zur Abhilfe ergriffen und gleichzeitig den Jugendlichen konkrete Angebote eröffnet, damit sie selbst produktiv an der Beseitigung der Missstände mitwirken konnten. So hatten einige beispielsweise den stark zunehmenden Individualverkehr als besonders sie berührende Umweltprobleme benannt. Da dieses Thema auch viele Privathaushalte negativ tangierte, wurde umgehend entschieden, dass morgens und abends zur Rushhour private Personenkraftwagen nur noch fahren durften, wenn sie jeweils mit mindestens drei Personen besetzt waren. Es mussten also Fahrgemeinschaften gebildet werden, um vom Wohn- zum Arbeitsort zu gelangen. Die stark entlastende Wirkung für das Verkehrsaufkommen war direkt spürbar.

In anderen Fällen konnte die Regierung anhand konkreter Daten nachweisen, dass die von den Hausbesetzern genannten Missstände nicht zutrafen. So kritisierten einige, insbesondere der weiblichen Jugendlichen, dass für Frauen in Politik und Wirtschaft keine Chancengleichheit bestünde. Zur Abhilfe forderten sie bestimmte Quoten für Führungsaufgaben, die mit Frauen besetzt werden müssten. Hier konnte unzweifelhaft nachgewiesen werden, dass insbesondere in den vergangenen Jahren der Anteil der Frauen in Führungsfunktionen sprunghaft nach oben geschnellt war. Besonders in der Wirtschaft hatte sich nämlich erwiesen, dass Frauen viel intensiver als Männer über bestimmt Führungseigenschaften verfügen, die im Rahmen der neuen Formen innerbetrieblicher Zusammenarbeit dringend benötigt wurden. So wurde der auf der Insel begonnene Prozess des neuen Denkens ganz wesentlich von Frauen getragen, ja, er hätte sich ohne sie gar nicht realisieren lassen.

Es konnten zwar auf Anhieb nicht sämtliche Missstände, die ursächlich die Jugendlichen zu Hausbesetzungen veranlassten, beseitigt werden, jedoch konkrete Wege dazu beschritten und damit eine hohe Glaubwürdigkeit und eine Identität von Worten und Taten bei den handelnden Politikern erreicht werden. Noch viel wichtiger war jedoch, dass durch den offenen Informations- und Austauschprozess mit allen Bevölkerungsteilen die Hausbesetzer bei den Inselbewohnern keinerlei Rückhalt durch verständliche Sympathie oder stillschweigende Duldung erhielten.

Nach beachtlich kurzer Zeit hatten durch dieses konsequente Handeln rund achtzig Prozent der Jugendlich die Hausbesetzung aufgegeben. Es verblieb jedoch ein harter Kern, der unter dem Deckmantel gesellschaftlicher Ziele nur eines wollte, nämlich Gewalt. Sie missbrauchten beispielsweise das Anliegen der Tierschützer, überfielen Kürschner-Betriebe und terrorisierten Mitarbeiter und Familienangehörige von Kürschnern. Ebenso wie diesen Gewalttätern letztlich der Tierschutz gleichgültig war, missbrauchten sie nun die Hausbesetzungen für ihre gewalttätigen Ziele.

Durch das kluge politische Handeln waren sie nun aber isoliert und ihre vorgeschobenen Argumente in der gesamten Bevölkerung bloßgestellt. In diesem Stadium erklärte die Regierungschefin in einer Fernsehansprache, dass Gewalt kein zulässiges Mittel sei und diejenigen, die nur die Sprache der Gewalt verstünden, auch nur mit dieser Sprache behandelt werden könnten.

Noch am gleichen Abend wurde der harte, gewalttätige Kern der Hausbesetzer von der Polizei festgenommen und die Häuser damit vollständig geräumt. Diese Aktion fand breite Zustimmung in allen Bevölkerungskreisen und entzog damit jeglichen Nährboden, so dass sich die terrorisierenden Gewalttäter nicht an anderer Stelle auf der Insel verbreiten konnten.

Die Gewalttäter erwiesen sich als Reaktionäre, die mit Gewalt Systemänderungen herbeiführen und den organischen Wachstumsprozess des neuen Denkens zerstören wollten. Später erwies sich, dass sie damit genau das Gegenteil erreichten. Diese Hausbesetzungen waren letztlich eine Art letzte Hürde gewesen, die genommen werden musste, und danach war der Weg frei, dass sich der begonnene Prozess auf allen Ebenen verstärkt fortsetzen und ungeheuerliche Kräfte der Eigenverantwortung freimachen konnte.

Als ich mit meinem Boot vor wenigen Wochen die Heimreise antrat, den Fluss hinuntersegelte und einen letzten Blick auf die herrlichen Villen am Flussufer warf, da war ich sicher, dass Utopia in der Realität existiert, in uns, in jedem Menschen wohnt, und seine volle Kraft entfalten kann, wenn wir es selbst nur zulassen und wollen. Und ich war ganz sicher, dass diese Insel, die ich Utopia 2025 getauft hatte, auch künftig in Freiheit, Sicherheit und Wohlstand leben würde, weil die Bewohner einen sicherlich nicht leichten, jedoch einen menschenwürdigen Weg eingeschlagen hatten."

Hamburg-Elbchaussee morgen

Peter Hartung hatte seinen Bericht über seine fünfzehnjährige Reise beendet. In der Villa an der Elbchaussee wurde das Dunkel der Nacht durch das erste Licht des jungen Tages verdrängt. Im großen Kamin in der Bibliothek war das Feuer erloschen. Die beiden Freunde sahen, am Fenster der glasbedachten Terrasse stehend, über dem Hafen die Sonne glutrot aufsteigen und einen neuen Tag verkünden. Unten auf der Elbe sahen sie schemenhaft erste Fährboote dahineilen.

Nachdenklich, wie aus einem tiefen Traum erwachend, wandte sich Klaus Kraning an seinen Freund: „Peter, noch viel stärker als vor einigen Stunden habe ich den Eindruck, dass du die ganze Zeit nur über Hamburg gesprochen hast. Ich weiß nicht, ob du diese Dinge wirklich alle erlebt oder ob du deine Erfahrungen mit Phantasie zu einer Geschichte und Vision für unsere Stadt verwoben hast."

Bevor Peter darauf antworten konnte, fuhr Klaus schnell fort: „Und eh' du mir es wieder vorhältst, sage ich es lieber gleich selber: Ich werde es herausfinden. Ja, ganz bestimmt. Ich fühle die Gewissheit in mir, ich werde es hier in Hamburg herausfinden."

Peter lächelte und nickte nur bestätigend.

„Utopie kommt aus dem Griechischen und heißt wohl Nirgendheim", murmelte Klaus tief in Gedanken versunken. „Wo haben wir unsere Heimat?"

„Vielleicht in uns selbst", überlegte Peter.

„Heute schon", erwiderte Klaus, „aber wo finden wir unsere Heimat morgen und übermorgen? Wo sind wir für alle Zeiten zuhause?"

„Was ist schon Zeit?", dachte Peter laut nach, „wenn ich in einem schnell fahrenden Zug sitze und vor wenigen Sekunden aus dem Fenster schauend einen Bauernhof erblickte, an dem der Zug vorbeiraste, dann ist dieser Hof schon Vergangenheit. Nun sehe ich eine Wiese mit Pferden, das ist die Gegenwart. Und am Horizont erblicke ich schon die Zukunft, die Umrisse einer Stadt, die wir bald erreichen. Mache ich die Fahrt allerdings auf dem Zug Dach, dann sehe ich Bauernhof, Wiese und Stadt zur gleichen Zeit. Dann erlebe ich Vergangenheit, Gegenwart und Zukunft zusammen."

„Es kommt also auf unseren Standpunkt an, was wir sehen", meinte Klaus. „Unsere eigene Einstellung entscheidet über unsere Zukunft. Entscheidet darüber, ob wir Utopia als Märchen anschauen oder als Realität, die wir verwirklichen können, wenn wir es selbst nur wollen."

Nach einem langen Schweigen, das den beiden Freunden vielleicht mehr sagte als viele Worte in dieser Nacht, fragte Klaus: „Sag mal, warum hast du eigentlich deine Insel Utopia 2025 genannt? Utopia ist mir aus deiner Erzählung sehr deutlich geworden. Aber was bedeutet die ‚2025'?"

Peter schmunzelte. „Ich bin 1998, vor fünfzehn Jahren also, losgefahren. Du hast mir heute Abend bestätigt, dass sich entgegen dem allgemeinen Eindruck in diesen fünfzehn Jahren in Hamburg sehr viel bewegt hat. Auch ich habe in diesen Jahren ebenso sehr viel erlebt. Und wenn ich nun die Kraft dieser Bewegungen in die Zukunft fortschreibe, dann kann bereits alles im Jahr 2025 Realität werden."

„Also Utopia 2025", stellte Klaus fest, „als deine Vision für das Jahr 2025."

„Du wirst es herausfinden", antworteten beide lachend wie aus einem Mund.

„Eine große, eine lohnende Vision", meinte Klaus nachdenklich. „Aber ist sie auch realisierbar? Der Einzelne kann doch wenig tun. Was hilft es schon, wenn sich ein paar Handvoll Menschen aufmachen, um Utopia zu realisieren und nicht alle 1,7 Millionen Einwohner unserer Stadt mitmachen?"

„Die Regierungschefin meiner Insel Utopia hat mir einmal erklärt, dass achtzehn von hundert Einwohnern genügen, um tiefgreifende Veränderungen zu realisieren. Und diese Erfahrung hast du vor wenigen Stunden selbst in deiner Schilderung bestätigt, dass ein gewiefter Anwalt mit ein paar Handvoll überzeugter Mitstreiter gegen den Willen aller Parteien eine Bildungsreform gekippt oder den Rückkauf der Energienetze durchgesetzt hat. Wie groß muss dann die Wirkung sein, wenn ein paar Handvoll entschlossener Menschen in unserer Stadt mit Geduld und vor allem Einsatz etwas Positives verfolgen?"

„Ja, warum eigentlich nicht?", antwortete Klaus. „Wir sind schon zwei, und noch heute können wir beide jeder zwei weiterer Menschen für Utopia gewinnen. Dann sind es am Abend schon sechs. Und diese sechs gewinnen morgen wieder je zwei weitere und so fort. Dann haben wir in weniger als drei Wochen über 500.000 Mitstreiter!"

Gedankenversunken fuhr Klaus dann in seinen Überlegungen fort: „Wir müssen ganz einfach die anderen von der Wahrheit, von dem richtigen Weg überzeugen."

„Die einzige Wahrheit gibt es nicht", schränkte Peter ein. „Es gibt so viele Wahrheiten, wie Menschen auf dieser Erde leben. Jeder Mensch hat, sieht und lebt seine eigene Realität."

„Wie sollten wir aber bei so vielen verschiedenen Wahrheiten zu einem gemeinsamen Handeln kommen?", fragte Klaus.

„Vielleicht ist es ein erster Schritt, dass wir lernen, jeden Menschen mit der ihm eigenen Realität zu akzeptieren."

„Und deshalb auch nicht einfach einen bestimmten Weg vorschreiben", führte Klaus den Gedanken fort, „sondern Spielräume zum Beschreiten sehr unterschiedlicher Wege eröffnen, so dass neue Freiheit durch Selbstverantwortung wächst."

Klaus' ernsthafte Begeisterung war so ansteckend, dass Peter nur zustimmen konnte. „Die alten Griechen kannten folgende Weisheit; `Wenn du willst, dass die Menschen Schiffe bauen, geben ihnen kein Material und keine Werkzeuge, sondern wecke in Ihnen die Sehnsucht nach der Größe und Weite des Meers`. Also müssen auch wir Gefühle aktivieren, in den Menschen die Sehnsucht nach Freiheit und schöpferischer Eigenständigkeit wecken".

„Komm", sagte Klaus, während er sich bei Peter einhakte und aus dem Haus hinaus in den jungen Morgen trat. „Wir beginnen damit sofort. Heute, gleich jetzt, will ich Utopia in Hamburg wecken."

* * *

Der geneigte Leser wird selbst herausfinden, ob es die Insel Utopia gibt und was es damit auf sich hat. Schließlich gibt es Utopia überall - in unserer direkten Nähe, in uns selbst. Wer nun die ungeheuerliche Kraft, die dem Einzelnen aus Visionen zufließt, kennenlernen will, der mag sich der nächsten Geschichte zu wenden.

EIN FREMDER IN DER FREIEN STADT

Inhalt

1. Aufbruch zu neuen Ufern
2. Wegweiser in die Zukunft
3. Führung für morgen
4. Politik im Wandel

Aufbruch zu neuen Ufern

Es war einmal eine wunderbare Stadt. Sie lag hoch im Norden eines Landes, nahe dem Meer, dort wo zwei Flüsse aufeinander treffen. Eine prächtige Stadt mit stolzer Vergangenheit, mit herrlichen Bauten und sehr viel Grün. In dieser Stadt lebten viele fröhliche Menschen, denen es lange Zeit ausgesprochen gut ging. Sie waren stolz auf ihre Stadt und nannten sie die „Freie Stadt". Sie waren freie Menschen in dieser freien Stadt. Sie hatten Reichtum und Wohlstand erreicht.

Doch in den letzten Jahren nahm der Wohlstand ab, die Kassen des Staates hatten sich geleert, die Sozialeinrichtungen konnten dem Ausgabebedarf nicht mehr gerecht werden, die Arbeitslosigkeit nahm laufend zu. Die Leute waren verzweifelt. Sie jammerten und klagten. Sie wussten nicht, was sie tun sollten.

Eines Tages kam ein Fremder in diese Stadt. Niemand vermochte zu sagen, woher er kam, wer er war. Auf Fragen nach seiner Herkunft, nach seinem Namen gab er nur ausweichend Antwort. Dieser Fremde ging wochenlang durch alle Quartiere der Stadt, sprach wenig, sah sich um, schaute sich alles intensiv an, nahm mit all seinen Sinnen das Leben in dieser Stadt in sich auf und hörte den Menschen aufmerksam zu.

Nach einiger Zeit rief er die Einwohner zusammen und sprach zu ihnen. Es kamen Hunderte, und während er redete, kamen immer mehr Menschen hinzu.

„Ich gehe nun wie ein Stadtstreicher seit vielen Wochen durch eure Stadt, sehe diese prächtigen Häuser, euren

Wohlstand. Und ich sehe auch, dass ihr Probleme habt, dass die Arbeitslosigkeit zunimmt, viele ärmer und nur wenige immer reicher geworden sind, Aber ich höre von euch allen immer nur jammern, ein großes Wehklagen. Ein Jammern auf hohem Niveau, das aber keine Kammern füllt. Ihr wartet, dass euch einer sagt, wie es weitergehen soll. Ihr redet immerzu nur von Problemen, nie von Herausforderungen und überseht eure Chancen. Die Chinesen kennen für Problem und Chance nur ein Schriftzeichen, weil es sich um die zwei Seiten derselben Medaille handelt. Dreht das Problem herum, betrachtet es von der anderen Seite, dann wird die Chance sichtbar."

Und er fuhr fort: „Ihr habt in dieser Stadt in den letzten sechzig Jahren stets nur Wohlstand und Wachstum erlebt. Es ging immer aufwärts, jedes Jahr ein wenig besser. Und ihr glaubt heute, ihr hättet einen Anspruch, gewissermaßen ein Recht auf Wohlergehen. Ihr glaubt, ihr könntet durch weniger Arbeit, durch mehr Gemütlichkeit, mehr verdienen, noch mehr Wohlstand erreichen. Einen solchen Rechtsanspruch gibt es aber nicht! Das Leben kennt kein verbrieftes Recht auf Wohlergehen.

Ihr habt in den vergangenen sechzig Jahren den Geist verwirtschaftet. Ihr müsst euch nun anstrengen und darum bemühen, den Geist zu erneuern. Ihr müsst selbst für euch handeln und mit dem Jammern aufhören. Ihr habt euch zunehmend abhängig gemacht, euch selbst versklavt. Eure Nächstenliebe habt ihr vergessen, sie zu hüten ist Aufgabe der Kirche, die ihr entlohnt. Euren Nachbarn habt ihr abgeschafft, dafür zahlt ihr ja, wie ihr meint, Steuern, damit sich der Staat darum kümmert. Ihr habt Systeme der Sozialsicherung eingeführt, eure alten Eltern übernimmt die Pflegeversicherung, damit habt ihr nichts mehr zu tun. Für eure Gesundheit sind die Krankenkassen zuständig, die euch ja viel zu hohe Beiträge aus den Taschen ziehen. Und das Wertvollste was ihr habt, eure Kinder, habt ihr an die Schulen abgegeben, die ja auch auf eurer Gehaltsliste stehen.

Ihr habt ein Höchstmaß an Sicherheiten geschaffen, die euch wie ein süßes Wiegenlied einschläfern und müde machen. Aber es sind trügerische Sicherheiten, die jetzt zusammenbrechen, denn nun fehlt das Geld, es fällt nicht automatisch vom Himmel. Und ihr habt diesen vermeintlichen Sicherheiten eure Freiheit geopfert. Ihr seid im hohen Maße abhängig von anonymen Apparaten und vom Staat. Ihr habt euch versklavt, selbst zu Sklaven gemacht! Daraus könnt ihr euch auch nur selbst wieder befreien. Doch ihr liebt eure Versklavung. Niemand, weder Politiker, Priester, Funktionäre noch Konzern-Manager mussten euch unterdrücken und zu Sklaven machen, das habt ihr selbst bewerkstelligt. Wenn ihr schon Sklaven sein wollt, dann hört aber auf zu jammern. Oder steht auf und befreit euch!"

So hatte noch niemand zu den Menschen in dieser freien Stadt zu sprechen gewagt. Sie gerieten ob dieser Worte in große Erregung. Hatten sie nicht für alles gewichtige Experten, die ihnen in schönen Reden und schlauen Büchern sagten, was gut und richtig war? Diese Experten, die die komplizierten Zusammenhänge viel besser kannten und ja viel klüger als die normalen

Menschen in dieser Stadt waren, meldeten sich nun zu Wort:

„So einfach kann man es sich nicht machen. Das ist alles viel komplizierter. Wir haben die Globalisierung, wir sind in internationale Zusammenhänge eingebunden und können nicht selbst und frei handeln."

Der Fremde lachte: „Ja, die Globalisierung dient euch als Entschuldigung. Ist es aber nicht eine großartige Chance? Nennt ihr nicht eure Stadt das Tor zur Welt? Habt ihr etwa den Schlüssel zu diesem Tor verloren? Im Rahmen der Internationalisierung können die kleinen und mittleren Unternehmen eurer Stadt weltweit neue Märkte gewinnen und damit hier neue Arbeitsplätze schaffen. Denn Globalisierung bedeutet Schnelligkeit. Und die mittelständischen Unternehmen, von denen es so sehr viele in eurer Stadt gibt, sind schnell, flexibel und innovativ.

Außerdem hat die Globalisierung ihr Zenit bereits überschritten. Überall auf der Welt gibt es dieselben Produkte und Dienste. Doch die Menschen wollen das Besondere, das Einzigartige, sie lieben die Abwechslung. Sie fühlen sich in der internationalisierten Welt nicht mehr zu Hause. Sie sind entwurzelt, haben ihre Heimat verloren. Deshalb kommt es immer stärker zu einer Regionalisierung und Dezentralisierung. Eure Stadt kann eine solche dezentrale Region sein, die mit vielen anderen kooperiert und neues Wachstum erfährt."

„Das mag sein", begehrten die Experten auf, „aber du übersiehst das Entscheidende. Wir haben viel zu hohe

Arbeitskosten und können mit den anderen Ländern nicht konkurrieren!"

„Wieder eine wunderbare Chance", rief der Fremde begeistert aus. „Wenn ihr teurer seid, dann ist das doch die größte Herausforderung, besser zu sein als die Anderen, einmalige Lösungen zu liefern, höchste Qualität anzubieten. Eine Aufforderung, sehr stark in Bildung und Forschung, in die Köpfe der Menschen zu investieren, denn das bringt die besten Zinsen. Solltet ihr das nicht tun? Mit herausragender Bildung schneller und innovativer werden, den Anderen immer ein Stück voraus sein, anstatt zu jammern und zu klagen?"

„Ja, kann schon sein," hielten die Experten dagegen, „aber die Arbeitskosten sind bei uns so extrem hoch geworden, dass Arbeit gar nicht mehr bezahlbar ist, wir immer mehr rationalisieren müssen und damit ständig Arbeitsplätze verlieren."

„Warum habt ihr denn Arbeit so teuer gemacht? Warum finanziert ihr euren Staat und eure Sozialversicherungen so extrem stark nur über den Faktor Arbeit? Warum finanziert ihr nicht wie eure Nachbarn eure Sozialkosten über Steuern und macht damit Arbeit preiswerter?", wollte der Fremde wissen.

„Das erlauben die Großkonzerne nicht", antworteten die Experten kleinlaut.

„Ihr lasst euch also von einer Handvoll Großkonzerne erpressen. Dabei tun sie doch was sie wollen, zahlen kaum Steuern und verlagern ständig Kapital und Arbeitsplätze ins Ausland, " stellte der Fremde nüchtern fest.

Viele der Zuhörer stimmten aufgeregt zu. In die bestätigenden Zwischenrufe hinein riefen schnell die Experten: „Aber eine andere Politik würde uns auch nicht helfen. Wir haben zu wenig Arbeit. Die Arbeit ist uns einfach ausgegangen!"

Da musste der Fremde herzhaft lachen: „Arbeit ist euch also ausgegangen? Dabei habe ich euren Finanzsenator klagen gehört, dass es in eurer Stadt annähernd 20 Prozent Schwarzarbeit und Schattenwirtschaft gibt. Das bedeutet Arbeit in Hülle und Fülle. Darin verbirgt sich eine einmalige Chance auf Arbeit für alle."

„Das sind alles nur graue Theorien. Sie machen es sich viel zu einfach. Dabei ist die Realität viel komplizierter", winkten die Experten ab.

Doch auch diesen Einwurf wollte der Fremde nicht akzeptieren: „Ich glaube, die Experten machen die Welt so kompliziert. Kompliziert ist nur das, was wir nicht richtig verstanden haben. Das wirklich Geniale ist immer einfach. Gestattet mir deshalb eine einfache Frage: Bezahlt ihr wirklich die Menschen für Nicht-Arbeit?"

„Ja, selbstverständlich. Wir lassen niemand im Regen stehen," antworteten die Experten generös.

„Warum nehmt ihr nicht das Geld, das ihr für Arbeitslosigkeit ausgebt, um damit Arbeit zu finanzieren?", hielt ihnen der Fremde entgegen. „Mit der Bezahlung für Nicht-Arbeit habt ihr die Menschen finanziell gesichert und ruhig gestellt, aber keineswegs integriert, Nun geht euch das Geld aus und ihr sitzt auf einer tickenden Zeitbombe."

„Wie sollen wir das denn anders machen?", fragten die Experten ratlos. „Wir haben doch schon laufend die Arbeitszeit reduziert, um Arbeit besser zu verteilen."

„Das ist nur eine Verwaltung des Mangels. Damit habt ihr Arbeit ständig verteuert und zu einem knappen Gut gemacht", stellte der Fremde nüchtern fest. „Warum versucht ihr es nun nicht einmal mit einem umgekehrten Weg. Wenn jeder ohne zusätzlichen Lohn täglich nur eine Stunde länger arbeitet, verringern sich die Arbeitskosten je Stunde um 25 Prozent. Dann wird Arbeit viel preiswerter und es entstehen zwangsläufig wieder mehr Arbeitsplätze. Außerdem ist eine solche Entdichtung von Arbeit viel menschengerechter, als den Menschen in immer weniger Arbeitszeit immer mehr aufzubürden, sie damit krank zu machen und weiter die Sozialkosten zu erhöhen."

Die Menschen hatten interessiert zugehört. Einige nickten zustimmend, schauten nun die Experten an und warteten gespannt auf deren Antwort. Doch die Experten wollten von all dem nichts wissen und meinten, die Ursachen lägen allein darin, dass dem Staat das Geld ausgegangen ist und ohne Geld nichts zu machen sei.

Doch dies war für den Fremden wieder nur eine billige Entschuldigung: „Habt ihr euch nicht jahrelang darüber beklagt, dass ihr viel zu viel Staat habt? Dass der Staat jede Eigeninitiative lähmt und zurückgefahren werden müsste? Die Chance habt ihr nun. Seid doch froh, dass der Staat kein Geld mehr hat. Dann könnt ihr die Aufgaben wieder selbst übernehmen und es preiswerter und besser machen. Der Hinweis auf Geldmangel ist eher ein Beleg für fehlende Kreativität und Handlungsverweigerung. Schaut, im Vergleich zu euren Nachbarn gebt ihr je Kopf das meiste Geld für Bildung aus. Habt ihr deshalb das beste Bildungssystem? Mitnichten! Im Bildungsbereich rangiert ihr im unteren Drittel! Welche einmaligen Chancen! Welche großartigen Möglichkeiten, mit weniger Geld viel bessere Ergebnisse zu erreichen! Alles ist möglich, wenn ihr es denn wirklich wollt."

Bei den Zuhörern herrschte ratloses Schweigen. Schließlich wollten einige von ihnen wissen, worin denn nach Auffassung des Fremden die tatsächlichen Ursachen für ihre Probleme lägen.

Und der Fremde sprach zu ihnen:

„Um die Jahrtausendwende hat ein völlig neues Zeitalter begonnen, etwa vergleichbar mit dem Beginn der Industrialisierung vor rund 150 Jahren. Mit der alten Zeit haben zwangsläufig auch unsere alten Wege ein Ende gefunden. In der neuen Zeit müssen wir nun neue Wege beschreiten. Diese neuen Wege sind bestimmt von Dezentralisierung, Selbstbestimmung und Eigenverantwortung. Sie verlangen, dass wir alle sehr viel mehr selbst handeln müssen. Dazu haben wir eine Fülle von Möglichkeiten. Aber ich erlebe in dieser freien Stadt zahlreiche unfreie Menschen, die immer nur von Verantwortung reden. Aber in Wirklichkeit gehen sie damit um wie mit einem Kleidungsstück, das ihnen zu groß ist.

Viele reden ständig von Freiheit. Freiheit bedeutet allerdings, dass wir Verantwortung übernehmen. Freiheit ohne Verantwortung ist nicht möglich. Oder anders ausgedrückt: Freiheit ohne Verantwortung ist nur reine Frechheit. Und insofern: Die Frechheit ist die Freiheit der Sklaven. Wir sind also frech geworden. Wir haben uns selbst zu Sklaven gemacht. Nur wir selbst können uns befreien!"

Das aber verstanden die Menschen in dieser freien Stadt überhaupt nicht. Da sagt der Fremde: „Ich will euch ein Gleichnis geben. Bitte denkt an das Alte Testament. Die Kinder Israel, versklavt in Ägypten, wollten der Sklaverei entfliehen. Gott half ihnen und die Kinder Israel konnten nach vielen Mühen Ägypten verlassen, mussten dazu aber die Wüste durchqueren. Der Weg aus der Sklaverei, aus dem Ägyptenland, ging nur durch die Wüste. Und genauso ist es heute", meinte der Fremde, „der Weg in ein neues Wohlergehen, in die neue Zeit geht immer nur durch die Wüste. Alle Reformen zur Schaffung einer besseren Zukunft landen zunächst immer in der Wüste, die man nicht umgehen kann. Ihr könnt weiter verharren, könnt jammern, dann wird es euch aber immer schlechter gehen. Ihr könnt euch jedoch aufmachen zu neuen Wegen, mutig die Wüste durchqueren, um das dahinter liegende gelobte Land, neues Wohlergehen, zu erreichen.

Das wollte ich euch mit diesem Gleichnis sagen: Ihr müsst den mühevollen Weg durch die Wüste auf euch nehmen. Und jeder Weg, bevor man den ersten Schritt tut, fängt im Kopf an. Also müsst ihr mit dem Geist beginnen. In den vergangenen sechzig Jahren habt ihr den Geist verbraucht. Eure Stadt, eure Wirtschaft, Politik und Verwaltung sind geistlos geworden. Nun muss der Geist erneuert werden. Wer morgen eine bessere Welt will, der sollte nicht mit dem Materiellen beginnen, der muss heute neues Denken wagen. Denn was wir heute denken, wird morgen Wirklichkeit."

Nachdem die Menschen dies gehört hatten, gingen sie nachdenklich auseinander. Und sie beschlossen zu handeln. Gemeinsam mit der Politik reformierten sie ihre Sozialsysteme und entwickelten eine Agenda 2010. Sie erfanden Hartz-Programme und führten mehr Eigen-Verantwortung ein. Die Menschen mussten im Bereich der Krankenversicherungen Eigenbeteiligungen leisten oder die Altersversorgung wieder stärkerer selbst für sich übernehmen. Sie reduzierten die Zuschüsse für die Arbeitslosen und führten höhere Steuern ein. Und jeder musste etwas abgeben.

Doch kaum griffen diese Maßnahmen und die Leute spürten, dass es in ihren Geldbörsen etwas knapper wurde, gingen ein Aufheulen durch die Stadt. Sie beschimpften den Fremden: „Wo hast du uns hingeführt? Was hast du angerichtet?!?"

„Ihr seid wirklich wie die Kinder Israel. Der liebe Gott hat sie damals aus dem Ägyptenland geführt. Er hat das Rote Meer geteilt, sodass sie ungeschoren hindurchgehen konnten. Er hat ihnen in der Wüste zu essen gegeben. Und sie sollten das Brot nicht horten, denn er wollte ihnen jeden Tag Nahrung geben. Sie konnten darauf vertrauen. Aber sie hatten kein Vertrauen. Kaum kamen die ersten Schwierigkeiten, kaum befanden sie sich in der Wüste, tanzten sie erneut um das goldene Kalb herum und beteten es an. Sie beschimpften Moses und Aaron als ihre Führer und forderten: `Wir wollen zurück zu den Fleischtöpfen der Sklaverei`.

Und geht es euch heute nicht genauso? Kaum habt ihr die ersten Schwierigkeiten mit eurem neuen Weg – und ich habe ja gesagt, der neue Weg führt immer nur durch die beschwerliche Wüste –, schon fangt ihr an zu jammern und zu klagen und wollt zurück zu den Fleischtöpfen der Sklaverei."

Und der Fremde meinte weiter: „Ihr habt etwas ganz Entscheidendes vergessen: Ihr habt versäumt, den Menschen in der Stadt zu sagen, wohin ihr wollt, was ihr mit diesen Reformen, mit diesen Änderungen der sozialen Systeme erreichen wollt. Die Kinder Israel wussten, wohin sie wollten, sie hatten ein großes Ziel. Sie wollten der Sklaverei entkommen und das gelobte Land erreichen. Sie hatten von ihren Vorfahren vom gelobten Land gehört. Moses hatte es ihnen im Namen Gottes beschrieben und bildlich ausgemalt. Ihr ganzes Sehnen und Verlangen galt nun dem gelobten Land. Diese große Vision gab den Kindern Israel eine enorme Kraft.

Wir leben aus unseren Zielen. Unsere Visionen drängen danach, durch uns Wirklichkeit zu werden. Und wenn wir ein großes Ziel haben, fällt uns alles leichter. Schaut doch nur einmal bei eurer täglichen Arbeit: Wenn ihr etwas Großes erreichen wollt, fällt euch die Arbeit leicht. Wenn ihr dagegen nicht wisst, wofür ihr etwas tut, mögt ihr gar nicht richtig arbeiten und etwas zu Ende führen.

Diese Visionen müsst ihr entwickeln – gemeinsam mit den Menschen. Aus diesen Visionen fließt euch dann Energie zu, gewissermaßen eine kostenlose Sozialenergie. Und diese wird euch helfen, auch den Weg durch die Wüste zu schaffen und euer ureigenes gelobtes Land zu verwirklichen.

Und das meine ich mit geistiger Erneuerung, nämlich Visionen, lohnende Ziele zu haben und die Wege dahin dann mit festem Vertrauen zu beschreiten. Denn es gibt keine andere Wahrheit als eure eigene Erfahrung. Und eure Erfahrungen zeigen euch, dass ihr Vertrauen haben könnt."

Die Menschen wurden nachdenklich in dieser freien Stadt. Sie fragten sich: „Wohin wollen wir eigentlich? Was sind unsere Visionen und Ziele? Wo liegt unser gelobtes Land?"

Darüber gerieten sie in Streit, wurden sich nicht einig, kämpften gegeneinander und forderten schließlich: „Das muss Politik richten. Wir können nicht sagen, wohin es gehen soll. Dafür haben wir schließlich Politiker, die wir bezahlen. Und was der Fremde uns alles erzählt über Moses und den Kindern Israel, das sind alles nur alte Geschichten, die haben mit uns heute überhaupt nichts mehr zu tun."

Da Politik ihnen aber nicht helfen konnte, beriefen die Menschen eine Versammlung ein und klagten den Fremden an.

Der Fremde sprach erneut zu ihnen: „Es sind keine alten Geschichten. Wir sollen nicht in, aber von unserer

Vergangenheit leben. Wenn wir wissen, woher wir kommen, wenn wir unsere eigene Geschichte kennen, haben wir einen festen Stand. Wenn wir einmal zurückschauen und überlegen, mit was wir alles in der Vergangenheit schon fertig geworden sind, dann verliert die Zukunft ihre Schrecken. Nur wenn wir wissen, woher wir kommen, können wir auch herausfinden, wohin wir gehen sollten.

Und schaut doch mal, was ihr in eurer freien Stadt in den letzten Jahrzehnten alles geschafft habt. Sie war im Krieg fast vollständig zerstört. Ihr habt sie wieder mit euren Händen aufgebaut. Ihr habt ein Wirtschaftswunder geschaffen. Ihr habt zwei Energiekrisen bewältigt. Ihr habt die Wiedervereinigung erreicht. All das habt ihr vermocht. Dann werdet ihr doch mit diesem bisschen Zukunft spielend fertig.

Zugleich mögt ihr erkennen, welche großen Chancen die Zukunft für uns bereithält. Wenn ich euch vor dreißig Jahren gesagt hätte, es wird eine Wiedervereinigung geben, der Kommunismus wird untergehen und wir können ein freies Europa vom Atlantik bis zum Ural, in dessen Zentrum diese freie Stadt liegt, schaffen, dann hättet ihr mich in eine Zwangsjacke gesteckt und in die Irrenanstalt eingesperrt. Und doch ist alles heute erst zwanzig Jahre später bereits wunderbare Wirklichkeit geworden.

Also die Vergangenheit kennen – das sind unsere Wurzeln. Und ihr müsst gleichzeitig in die Zukunft schauen. Das sind die Visionen. Aber ihr müsst heute, und das ist das Entscheidende, heute handeln. Mit dem Wissen, wo komme ich her, und den Visionen, wo will ich hin, müsst ihr nur im heute leben und jetzt handeln. Wie Martin Luther sagte: „Auch wenn ich wüsste, dass morgen die Welt zugrunde geht, würde ich heute noch einen Apfelbaum pflanzen."

Die Menschen wurden erneut nachdenklich, konnten sich aber nicht zum Handeln entschließen. Erneut fanden sie Entschuldigungen, die sie dem Fremden vorhielten: „Das mag ja sein, dass wir aus unserer Geschichte lernen sollen und lernen können. Aber damals, die Kinder Israel hatten es ja wesentlich leichter. Gott war ständig in ihrer Nähe und half ihnen."

Da wurde der Fremde zornig und fuhr sie förmlich an: „Was seid ihr für kleingläubige Menschen! Ihr sagt, Gott wäre euch heute nicht nahe? Gott ist immer da, heute und jeden weiteren Tag! Er lebt in euren Herzen. Macht sie nur auf und habt den Mut, Gott in euch zu entdecken. Immer wenn ihr jemandem helft, wenn ihr eurem kranken Nachbarn zur Seite steht und ihn nicht an den Staat verweist, wenn ihr den Kindern, deren Mütter arbeiten, bei den Schularbeiten helft, überall, wo ihr etwas teilt, etwas Gutes tut, ist Gott in eurer direkten Nähe.

Immer wenn wir etwas teilen, wird es kleiner. Doch wenn wir miteinander Freude, Liebe, Glück teilen, wird alles nur größer. Festhalten macht euch ärmer. Also solltet ihr teilen."

Die Menschen schauten ob dieser Worte betreten zu Boden. Doch schon bald begehrten sie erneut auf: „Die Kinder Israel hatten Moses als Führer. Wo ist unser Moses heute? Ohne Moses konnten die Kinder Israel und können auch wir die Wüste nicht überwinden und das gelobte Land erreichen."

Daraufhin sprach der Fremde. „Moses war ein selbstloser Führer. Moses sollte die Kinder Israel aus der Sklaverei heraus in das gelobte Land führen. Gott hatte in seiner Weisheit Moses auferlegt, dass er selbst das gelobte Land nie betreten durfte, also für seine Führerschaft auf dem beschwerlichen Weg keine eigene Belohnung erhielt. Und nach über vierzig Jahren des sehr mühevollen Marsches durch die Wüste überquerten schließlich die Kinder Israel den Jordan und hatten das gelobte Land erreicht. Nur Moses blieb allein zurück auf dem Berg Nebo und sah sein Volk in Kanaan einziehen. Er selbst kam nicht in den Genuss des Erreichten, durfte selbst das gelobte Land nicht betreten. Das war der Preis, den Gott gefordert hatte, nämlich eine selbstlose Führung. Unsere Führer dürfen nicht eigene Ziele verfolgen, nicht die eigene Person in den Vordergrund stellen, nicht den Machtanspruch eines Verführers haben. Ihr alleiniger Antrieb muss sein, den anderen helfen zu wollen um deren selbst willen."

Das verstanden die Menschen sehr wohl und fragten: „Wo sind denn die selbstlosen Führer für uns heute?"

Da sprach der Fremde: „Sie leben unter euch. Schaut nicht immer nur nach oben zur Elite der Abstammung, des Adels, des Geldes oder der Akademiker. Diese alten Eliten versagen in der neuen Zeit. Doch es gibt eine neue Elite in eurer Stadt, die gewissermaßen vertikal zu den Strukturen verläuft. Diese neue Elite ist eine Elite der Verantwortung. Es sind die Menschen, die Verantwortung übernehmen und verantwortlich handeln, die sich in ihrer Nachbarschaft engagieren, in ihrer Kirchengemeinde, in der Freiwilligen Feuerwehr. Das ist die neue Elite. Das sind eure neuen selbstlosen Führer, denen ihr vertrauen und folgen könnt."

Und es gab in dieser freien Stadt Menschen dieser neuen Elite, die verantwortlich handelten, vorangingen und damit zum Vorbild wurden.

Es waren Handwerker, die die Jugend gut ausbildeten, ihre Kunden nicht übervorteilten, eine hohe Qualität ihrer Arbeit erbrachten und die Umwelt schützten.

Es waren Hausfrauen, die nicht nach dem Staat riefen, sondern alte Menschen betreuten, ihre kranken Nachbarn pflegten, Kinder bei den Schularbeiten halfen und so Familien ähnliche Strukturen unter Nicht-Verwandten aufbauten.

Es waren Mitarbeiter der Verwaltung, die die Gesetze achteten, um Negatives zu verhindern, jedoch Gutes durch ihr beispielgebendes Vorbild erreichten. Einer von ihnen war der Sanierungsbeauftragte eines Stadtquartiers mit großen Problemen. Er war für diese Aufgabe eigentlich nicht ausgebildet und sollte Grünpläne für das Arbeiterquartier entwickeln. Angespornt durch die Worte des Fremden hielt er nun nichts davon, im Büro zu sitzen und fernab von den Menschen Pläne auszudenken. Vielmehr ging er wie ein Stadtstreicher durch die Straßen des Quartiers und fragte alle Menschen, die er traf: `Wo könnte hier ein Baum stehen? ` Und da gab es Hausfrauen, die bei ihren täglichen Einkäufen viele solcher Stellen wussten. Da waren Gewerbetreibende und Handwerker, die in ihren Hinterhöfen

Plätze benannten, wo Bäume gepflanzt werden konnten. Da waren Gastwirte, die wollten vor ihren Restaurants Bäume pflanzen und für ihre Gäste darunter Tische und Stühle stellen. Und an all diesen benannten Plätzen machte der Stadtstreicher ein Kreuz in seinem Stadtplan. Als er alle Straßen so abgearbeitet hatte, kopierte er diesen Stadtplan mit all` den Kreuzen und verteilte ihn in dem Quartier mit den Worten: `An jeder Stelle, wo ein Kreuz steht, dürft ihr einen Baum pflanzen.` Es gab keinen Grün-Plan, kein staatliches Engagement. Aber in kürzester Zeit pflanzten die Menschen in Eigeninitiative in ihrem Quartier über 20.000 Bäume.

Diese gelebte Eigenverantwortung machte anderen Menschen Mut selbst zu handeln. Viele in der freien Stadt hielten diese ersten Erfolge jedoch für belanglose Einzelbeispiele und verwiesen weiterhin auf die Zuständigkeit des Staates. Sie bezichtigten den Fremden zu Irrwegen zu verleiten und wollten von ihm wissen: Warum sollen wir etwas tun, das wir zwar für uns selbst tun könnten, das aber eigentlichen Aufgabe des Staates ist.

Da sprach der Fremde erneut zu ihnen: „Der eigentliche Paradigma Wechsel der Zeitenwende, in der wir stehen, ist der Übergang von einer Kollektivethik zu einer Individualethik. Wir haben bisher Jahrhunderte eine Zeit der Kollektivethik erlebt. Immer waren es andere – mal Kirchen, mal Wissenschaft und zuletzt Politik -, die uns von oben vorgegeben haben, was gut und was schlecht ist und was wir tun müssen. Immer haben andere über uns bestimmt. Und das eigentlich total Verändernde der neuen Zeit ist: Wir müssen es jetzt selbst entscheiden.

Wir müssen den Übergang finden zu einer Individualethik. Wir müssen selbst herausfinden, was gut und was schlecht ist. Für uns und für unsere Mitmenschen.

Diese Individualethik ist auch die Ethik, die uns die Nächstenliebe gebietet, die die Liebe uns vermittelt. Jesus tippte dem Fischer Petrus auf die Schulter und sagte: `Folge mir! Du bist der Fels, auf dem ich meine Kirche bauen will`. Und Petrus musste selbst entscheiden: `Soll ich das tun? Soll ich mit ihm gehen? Oder soll ich lieber erst hier weiter meine Fische fangen? Soll ich die Priester um Erlaubnis fragen`? Er entschied selbst und handelte: Petrus ließ seine Netze liegen und folgte Jesus.

Das Gute in uns selbst entdecken und auf diese Basis selbst entscheiden, das ist Individualethik. Dazu sind wir heute aufgerufen. Doch damit tun wir uns so unsagbar schwer. Es gibt keine Obrigkeit mehr, die uns sagt, was gut und schlecht ist. Was gelobt und was getadelt werden muss. Wir sind als Menschheit erwachsen geworden und müssen nun als Erwachsene selbständige, verantwortliche Weg gehen. Das ist die totale Zeitenwende, in der wir stehen.

Wir haben die Aufgabe, ständig in unserem Leben die Bilanz zwischen Geben und Nehmen in Ausgleich zu bringen. Wenn wir etwas nehmen von der Gemeinschaft, von unseren Mitmenschen, von der Natur, müssen wir auf irgendeine Weise wieder etwas zurückgeben. Wenn wir das nicht tun, passiert genau das, was ich bereits sagte: Wir verwechseln dann Freiheit mit Frechheit. Denn derjenige, der in erster Linie nur nimmt und nichts zurückgibt, hat nur noch eine Chance: Er wird frech. Denn nur mit Frechheit kann er sich selbst betrügen und sein schlechtes Gewissen beruhigen. Deshalb bezichtige ich jeden der Frechheit, der nicht das tut, was er selbst für sich und andere tun könnte."

Angesichts des Vorwurfes der Frechheit wurden die Menschen sehr erregt. Doch der Fremde machte die Menschen mit seinen weiteren Worten noch viel wütender: „Heute beschimpft ihr eure Politiker und tut so, als seid ihr die Opfer. Dabei seid ihr die Täter! Ihr alle, wie ihr in dieser freien Stadt lebt, seid die Täter. Denn ihr habt die Politiker selbst gewählt. Ihr habt ihnen doch alles freiwillig übertragen, was ihr heute als Verlust beklagt. Ihr habt euch bereitwillig von euren Führen verführen und dahin bringen lassen, wo ihr heute steht. Also jammert nicht! Ihr habt genau die Politiker, die ihr verdient. Ihr seid keine Opfer, ihr seid Täter."

Daraufhin wurden die Menschen zornig, verließen wütend die Versammlung und beschimpften den Fremden.

Eine alte Frau, die ganz am Rande stand und zugehört hatte, trat allein zu dem Fremden und sprach ihn an: „Ich habe sie jetzt lange beobachtet. Ich habe ihnen zugehört. Und ich habe geglaubt, sie würden die Menschen lieben. Und nun beschimpfen sie sie, machen sie böse und wütend. Warum?"

Daraufhin erwiderte der Fremde: „Weil ich sie liebe. Denn Liebe bedeutet, bereit zu sein, auch einmal, wenn es notwendig ist, Schmerzen zuzufügen. Die Wahrheit kann sehr schmerzlich sein. Ebenso wie die Wüste beschwerlich und nicht zu umgehen ist, ist die Wahrheit oft schwer zu ertragen, aber nicht zu umgehen. Und ich helfe den Menschen nicht damit, wenn ich sie nur bestätige. Sie befinden sich in einem Zustand des Jammerns und können gar nicht verstehen, wenn ich ihnen erkläre, die Welt ist doch wunderbar und schön, ihr könnt selbst etwas tun. Damit allein erreiche ich sie nicht, bringe sie nicht aus dem Zustand des Jammerns heraus. Wenn ich sie aber wütend mache, werden sie bereit zum Handeln. Denn Wut macht Mut. Und wir brauchen alle viel Mut.

Schauen sie doch die Politiker an. Sie werden der Lüge bezichtigt. Aber sie sagen nur, was die Menschen gern hören wollen. Um Schmerzen zu vermeiden, berichten sie nicht über die Wahrheit. Aber später kommt die Wahrheit doch ans Tageslicht und dann sagen die Menschen, wir vertrauen den Politikern nicht mehr, sie haben uns belogen. Dabei haben sie den Menschen nur keine Schmerzen zufügen wollen und die Wahrheit verschwiegen. Die Politiker handeln danach, dass für sie immer etwas Positives herauskommt. Sie möchten geliebt werden von ihren Wählern, sie suchen Anerkennung. Sie möchten eine positive Presse haben, denn die Medien sind ihnen über alles wichtig."

Daraufhin fragte die Frau den Fremden nachdenklich: „Meinen sie wirklich, dass Politiker so handeln, dass ihnen wichtig ist, was in der Presse steht?"

Der Fremde erwiderte: „Ich möchte mit einer kleinen Anekdote von Mark Twain antworten. Er war als junger Redakteur im Westen der Vereinigten Staaten tätig und sagte eines Morgens zu seiner Wirtin: `Ich glaube, es wird in diesem Jahr eine sehr schlechte Ernte geben`.

Doch die Wirtin widersprach: `Nein, nein, ich habe gute Kontakte zu den Farmern in der Gegend, ich bin selbst eine Farmerstochter. Ich weiß genau, es wird dieses Jahr eine sehr gute Ernte.`

Mark Twain ging in die Reaktion und schrieb an diesem Nachmittag einen Artikel darüber, dass die Ernte in diesem Jahr schlecht ausfallen würde.

Am nächsten Morgen sagte die Wirtin zu Mark Twain: `Sie hatten doch recht: die Ernte wird schlecht. Das stand heute in der Zeitung`".

Und die Menschen in dieser Stadt waren wütend geworden. Die Rechnung ging auf. Ihre Wut war so groß, dass sie riefen: „Wir werden es dem Fremden zeigen! Wir können selbst handeln. Wir sind stark genug. Wir haben Kraft."

Und sie waren bereit zu handeln. Sie entwickelten Visionen, wo sie hinwollten, und sie baten den Fremden um Hilfe bei der Verfolgung ihrer Visionen.

Der Fremde sagte zu ihnen: „Diese Welt hat genug für jedermanns Bedürfnisse, aber nicht genug für jedermanns Gier. Schraubt eure Gier zurück, werdet etwas bescheidener. Stellt fest, was ihr wirklich braucht. Was benötigt ihr in eurer Stadt tatsächlich?"

Da waren sich alle Menschen einig. „Wir brauchen vordringlich mehr Arbeitsplätze."

„Gut", sagte der Fremde, „wenn denn Arbeitsplätze so dringend sind, solltet ihr euch auf eure Stärken besinnen. Denn es hat keinen Zweck, an Schwächen zu arbeiten. Die Schwächen wird man nie im Leben los. Also wo liegen eure Stärken? Zeigt mir eure starken Unternehmen, die Arbeitsplätze schaffen können, damit wir sehen, wie ihr zu mehr Arbeitsplätzen kommt."

Und die Menschen führten den Fremden als erstes in das großartige Flugzeug-Werk und zeigten ihm dort, wie riesige Maschinen gebaut werden.

Der Fremde war tief beeindruckt. Aber als er dann fragte, wie die Arbeitsplätze entstanden sind, und dann feststellen musste, dass jeder Arbeitsplatz 400.000 bis 500.000 Euro kostete, meinte er: „Was hier geschieht, ist wunderbar für eure Stadt. Aber so viel Geld habt ihr gar nicht, dass ihr darüber Arbeitsplätze schaffen könnt."

Da führten ihn die Bürger der Stadt in andere große Unternehmen.

Der Fremde war weiterhin tief beeindruckt, aber stellte dann fest: „Ich habe in all diesen Unternehmen gehört, dass sie Arbeitsplätze ins Ausland verlagern. Wer schafft aber Arbeitsplätze in dieser wunderbaren Stadt?"

Die Leute waren verdutzt, denn sie wussten nicht, wovon der Fremde sprach.

Und dann nahm der Fremde sie mit, führte sie in die Stadtquartiere. Er zeigte ihnen Hinterhofwerkstätten, in denen Handwerker arbeiteten. Er zeigte ihnen Tante-Emma-Läden und kleine Industriebetriebe: „Das sind die wahren Starken in eurer Stadt. Sie schaffen Arbeitsplätze. Das sind 99 Prozent aller Unternehmen.

Sie stellen 70 Prozent aller Arbeitsplätze. Helft ihnen, damit sie weiter zum Wohle aller gedeihen können!"

So hatten die Menschen es noch nie betrachtet, dass ausgerechnet diese kleinen, diese unscheinbaren Unternehmen, die in keinen Schlagzeilen auftauchten, die Hidden Champions, die unbekannten Sieger sein sollten, die die meisten Arbeitsplätze schafften.

„Warum versteckt Ihr Eure Handwerksbetriebe? Sie sind doch zentrale Träger der Stadtkultur. Warum überseht Ihr sie? Warum hilft Politik und Verwaltung den kleinen Betrieben nicht, ihre großen Kräfte noch besser zum Wohle aller nutzen zu können? Warum werden sie stattdessen nur ständig behindert?"

Aber die Menschen wussten nicht, was sie selbst daran ändern konnten, was sie tun sollten.

Der Fremde sagte: „Geiz ist nicht geil, Geiz macht arm. Warum kauft ihr nicht bei euren Händlern im Ort eure Produkte, in den Quartieren, in denen ihr lebt? Wenn jemand einen Plastikschuh aus Taiwan kauft, ist er scheinbar etwas preiswerter. Aber ihr belastet damit die Umwelt durch hohen Energieverbrauch für den Transport sowie für die Entsorgung, wenn der Schuh mit geringer Haltbarkeit bereits nach kürzester Zeit auf dem Müll landet. Warum zahlt ihr nicht lieber direkt etwas mehr und sorgt für Arbeitsplätze hier und kauft die Produkte in eurer Stadt und sorgt für intensive regionale Wirtschaftskreisläufe?

Warum geht ihr nicht in die Betriebe hinein und fragt dort die Leute, den Unternehmer und den Kleinbetriebsinhaber, wie es ihnen geht. Sie suchen eure Anerkennung. Sie suchen eure Nähe. Sie suchen Empathie.

Ich habe es in eurer wunderbaren Stadt erlebt, wie ihr Planungen betreibt. Es sind dieselben Menschen, die nach mehr Arbeitsplätzen rufen, zugleich aber fordern: Auf keinen Fall Gewerbeflächen in meiner Straße. Denn Arbeiten könnte Lärm machen, es könnte morgens in der Frühe ein Lastwagen mit Lieferungen anfahren und das stört mich sehr.

Die besonderen Stärken der kleinen Betriebe sind ihre Innovationskraft, ihre Schnelligkeit und Flexibilität. Doch eine ausufernde Bürokratie, die zudem sehr teuer ist, hat sie bis zur Bewegungslosigkeit gefesselt. Helft ihnen bei der Entfesselung. Seht doch nur eure Überregulierung im Verkehrsbereich. In eurem kleinsten Stadtquartier gibt es mehr Verkehrsregeln und Verbote und wahre Schilderwälder als in der riesengroßen Metropole Bangkok. Dabei gibt es in Bangkok einen sehr viel stärkeren Individualverkehr, aber auch sehr viel weniger Unfälle als bei euch. Könnt ihr schlechter Autofahren? Seid ihr etwa dümmer als die Thais?

Wenn ihr also mehr Arbeitsplätze haben wollt, müsst ihr auch selbst etwas dafür tun. Und es gibt viele, viele Möglichkeiten."

Schließlich wollte der Fremde wissen: „Wo finden bei euch Innovationen statt? Wo wird der Fortschritt geprägt? Wer kümmert sich um neue Entwicklungen, beispielsweise im Umweltschutz und in der Energieeinsparung?"

Da blühten die Menschen auf und priesen mit überschwänglichen Worten die großen Forschungslabors der Industrie und der Hochschulen. Stolz präsentierten sie ihm die neue Technische Universität. Als der Fremde vor chromblitzenden Ungeheuern, riesigen Apparaten, blinkenden Computern stand, war er sehr beeindruckt, zugleich aber auch nachdenklich: „Das ist alles gut und schön. Wisst Ihr aber auch, dass zwei Drittel aller neuen Patentanmeldungen aus den Klein- und Kleinstbetrieben kommen? Warum fördert Ihr nicht ebenso wie diese Großforschungseinrichtungen die praxisorientierten Innovationen der Klein- und Kleinstbetriebe, die regelmäßig Arbeitsplätze schaffen und Umwelt schützen können?"

Als sie gemeinsam durch die Stadtquartiere gingen, um sich die innovativen Kleinbetriebe anzuschauen, fragte der Fremde weiter: „Warum baut Ihr mit teurem Geld Schwellen, Nasen und alle nur erdenklichen Hindernisse auf euren Straßen? Dann stockt doch der Verkehr. Die Fahrzeuge machen immense Umwege, vergeuden unnütz Benzin, und die Luft wird auch nicht besser. Warum vernichtet Ihr die Parkplätze? Auf der Suche nach Parkmöglichkeiten werden doch unnötige Kilometer zurückgelegt. Mit genügend Parkraum und unbehindertem Verkehrsfluss könnt Ihr doch große Entlastungen erreichen."

„Wir wollen die Menschen zwingen, auf das Auto zu verzichten."

Da lachte der Fremde: „Wisst Ihr denn nicht, dass der menschliche Geist so innovativ ist und jedes Hindernis, das Ihr aufbaut, umgeht? Mit Zwang und Druck lässt sich nie etwas Positives erreichen. Allenfalls etwas Negatives verhindern."

Da wurde es den Menschen zu viel: „Du fragst immer: Warum? Warum? Warum? Unsere Stadt ist doch wirklich sehr schön. Gewiss, wir haben Umweltprobleme. Wir haben viele Arbeitslose. Wir haben auch Schwierigkeiten mit dem Verkehr. Aber dein ewiges Warum geht uns langsam auf die Nerven."

„Ja, es ist gewiss eine sehr schöne Stadt", gab der Fremde zu. „Bislang sagte ich zu dem, was ich hier sah: Warum? Nun frage ich zu dem, was ich nicht sehe, aber was gut sein könnte: Warum nicht?

Warum nicht Energieeinsparung und Umweltschutz?

Warum nicht im Umweltbereich lohnende Marktfelder finden und Arbeitsplätze schaffen?

Warum nicht nach dem Prinzip „Cradle to Cradle" – das übrigens hier in eurer Stadt von einem Unternehmen entwickelt wurde – eine Kreislaufwirtschaft ohne jegliche Abfälle schaffen?

Warum nicht eine nachhaltige Unterstützung der kleinen und mittleren Unternehmen, damit sie noch mehr Arbeitsplätze schaffen können?

Warum nicht eine Technologiepolitik, die bei den wirklichen Bedürfnissen der Menschen und der Natur ansetzt, nicht ständig Arbeitsplätze vernichtet, sondern neue ermöglicht?

Warum nicht eine Verkehrspolitik, die den öffentlichen Nahverkehr attraktiv und für die Benutzer lohnend macht, zugleich den Individualverkehr fließend gestaltet, dem Wirtschaftsverkehr Vorrang einräumt und damit eine blühende Metropole und nicht eine Schlafstadt schafft?"

Dies alles machte die Menschen zwar nachdenklich, kleinlaut meinten sie aber: „Das ist heute nicht mehr möglich. Alles ist fest strukturiert, zementiert, festgezurrt. Die Rahmenbedingungen erlauben kaum noch Handlungsspielräume."

„Nein, eure Welt ist nicht klein und eng. Sie ist voller turbulenter Lebendigkeit. Nie zuvor waren derartige Veränderungen möglich und ebenso notwendig. Eine Zeit für Unternehmer, nicht für Unterlasser. Wahre Unternehmer, die im wahrsten Sinne des Wortes mit Mut, Risikobereitschaft und Pioniergeist etwas unternehmen, die Zukunft gestalten.

Wir leben in einer totalen Zeitwende. In zwanzig Jahren werden wir in der Rückschau feststellen, dass im letzten Jahrzehnt des zwanzigsten Jahrhunderts eine völlig neue Epoche angebrochen ist. Die neue Zeit verlangt von uns neues Denken. Dies fällt uns so schwer, weil wir Bekanntes nicht aufgeben wollen. Wir klammern uns an dem fest, was wir heute haben und vergessen dabei, dass wir alles, was wir festhalten wollen, am schnellsten verlieren. Wir müssen freigeben, Vorhandenes aufgeben, um Platz für das Neue zu machen. Und dies beginnt zu allererst in unseren Köpfen."

Die Menschen begannen zu verstehen. Es ging ihnen so ähnlich, wie bei der Einfahrt in den Elbtunnel, wenn es abwärts geht und immer dunkler wird, tritt man auf die Bremse, wird langsamer, bleibt fast stehen. Sobald man aber das Licht am Ende des Tunnels sieht, gibt man Gas, es geht aufwärts und man wird schnell.

Und so gaben die Menschen in dieser Stadt, angespornt durch die Gespräche mit dem Fremden, Gas und gingen vorwärts. Sie entwickelten eine wunderbare Vision: Wir veranstalten einen Wettstreit, wir nehmen dem Staat die Aufgaben weg. Wir machen alles selbst, damit der Staat gar nicht erst handeln kann.

Eine wahnsinnige Idee!

Aber nichts ist realistischer und wahrscheinlicher, als eine Idee, deren Zeit gekommen ist. Und die Zeit in dieser wunderbaren Stadt war gekommen, nicht auf den Staat zu warten, sondern selbst zu handeln. Es fand gewissermaßen eine Entstaatlichung in den Köpfen der Menschen statt. Eine umfassende Erneuerung von unten.

Die Menschen in dieser freien Stadt eroberten sich ihre Freiheit zurück. Sie wurden wieder freie Menschen in einer freien Stadt.

Sie warteten nicht auf oben und beschritten tausende individuelle Wege. Sie hatten festgestellt, dass die Gleichmacherei nicht weiterhalf und letztlich unmenschlich war. Sie hatten erkannt, dass jeder Mensch mindestens eine Stärke hat, die die Gemeinschaft braucht. Sie investierten in ihre Stärken und jeder Mensch erhielt seine Chancen gemäß seiner individuellen Stärken.

Sie realisierten ein Vertrauensmanagement, weil sie sich selbst viel zutrauten und von einem verlässlichen Urvertrauen getragen wurden. Sie wussten, dass die neue Zeit, in die sie hineingingen, ein Zeitalter des Vertrauens war.

Sie entwickelten große, lohnende Utopien. Und in dieser turbulenten Zeit, in diesen Umbrüchen, in denen sich die Stadt befand, war nichts realistischer als eine Utopie.

Und es waren viele, viele Menschen, die mithalfen und es wurden immer mehr. Sie erinnerten sich an die alte chinesische Weisheit: „Der Mann, der den ersten Stein wegtrug, war derjenige, der den Berg wegräumte". Und mit vereinten Kräften vermochten sie Berge zu versetzten.

Es waren schwere Wege, oft mühevoll, aber auch erfüllend. Beim Gehen wuchsen mit ihren Erfolgen auch ihre Kräfte. Sie gingen ihre Wege mit Eigenverantwortung. Und mit der Entdeckung ihrer eigenen Kräfte wurden die Wege unumkehrbar!

Doch die Menschen in der freien Stadt sorgten sich auch, dass die neuen Erkenntnisse im Alltagstrott schnell wieder verloren gehen könnten. Da beschlossen sie gemeinsam mit dem Fremden, in ihrer Stadt zehn unübersehbare Wegweiser aufzustellen, damit alle Menschen immer und überall an das neue Denken, an das eigene mutige Handeln auf ihrem Weg in die Zukunft erinnert werden sollten.

Wegweiser in die Zukunft

Mit dem Rücken nach vorn in die Zukunft

Gemeinsam mit dem Fremden stellten die Menschen den ersten Wegweiser „*Mit dem Rücken nach vorn in die Zukunft*" an allen zentralen Einkaufsstellen in ihrer Stadt auf, damit möglichst viele Menschen ihn täglich sehen und sich stets daran erinnern, was er bedeutet.

Ein altes jüdisches Sprichwort besagt: „Wenn du in die Zukunft gehst, dann wende ihr den Rücken zu und lasse deinen Blick in der Vergangenheit ruhen - nicht, um in, sondern von der Vergangenheit zu leben."

Wenn wir so feststellen, mit welchen großen Problemen wir in der zurückliegenden Zeit fertig geworden sind, verlieren die Herausforderungen von heute und morgen ihre Schrecken. Wir schöpfen daraus Kraft. Unsere Vergangenheit ist unsere Wurzel, die uns ernährt und einen festen Stand gibt. Wer seine eigene Geschichte nicht kennt, schneidet sich selbst ab, wird entwurzelt und haltlos herumirren.

Tradition und Fortschritt sind so kein Gegensatz, gehören vielmehr fest zusammen. Nur wer in seiner Geschichte einen festen Stand hat, kann mutig, offen und sehr beweglich in die Zukunft gehen. Unsere Kultur wächst aus unserer eigenen Geschichte, unsere Gefühlswelt wird durch die vergangenen Erlebnisse bestimmt. Kultur, Geschichte, Emotionen und Tradition sind die entscheidenden Kräfte, die wir für die Bewältigung unserer Zukunft benötigen.

Zu diesem Wegweiser stellte der Fremde fest: „Schaut ganz einfach den Handwerkern zu. Sie sagen: Tradition ist nicht Pflege der Asche, sondern Weitergabe der Flamme!"

Wer kein Ziel hat, kann nicht ankommen

Aufgrund der Berichte des Fremden schufen die Menschen in Hamburg einen weiteren Wegweiser: *„Wer kein Ziel hat, kann nicht ankommen".* Diesen Wegweiser malten sie auf Fahnen und große Transparente, die sie an den höchsten Punkten der Stadt aufhängten, damit jeder ihn sah. Eine solche Fahne flatterte sogar am Turm ihrer größten Kirche und ein riesiges Transparent spannte sich über dem See mitten in der Stadt. Die Menschen der freien Stadt verknüpften mit diesem Wegweiser ihre Botschaften zu ihren Visionen und Zielen.

Die innovative Kraft zur Bewältigung der Zukunft kommt aus den Visionen. Wer eine neue, bessere Welt will, darf nicht mit dem Materiellen anfangen, muss vielmehr zunächst sein Denken darauf einstellen. Der Geist lenkt die Materie. Das, was wir heute denken, bestimmt, was wir morgen sein werden. Wir werden, was wir denken. Unsere klaren Zukunftsbilder, unsere Ziele drängen danach, durch uns Wirklichkeit zu werden. Dabei reicht es nicht aus, an die Erfüllung der Ziele nur zu glauben, zu hoffen, sie könnten Wirklichkeit werden. Wir müssen es ganz bestimmt wissen, heute schon so leben, als wären unsere Zukunftsvisionen bereits Realität. Wir müssen sie klar vor uns sehen, mit allen Emotionen durchleben, uns ganz hineinbegeben, selbst zu einem Teil der Zukunftsbilder werden. Dann erhalten wir eine so ungeheure Kraft, dass kaum noch etwas der Verwirklichung unserer Visionen entgegenstehen kann.

Und so sprachen die Menschen in der freien Stadt über ihre Sehnsüchte und formten daraus ihre Zukunftsbilder. Sie gaben sich ganz hinein, weil sie gelernt hatten, dass jede Zurückhaltung - auch im Emotionalen - wie ein starkes Gift die innovativen Kräfte lähmt. Und sie wussten aus eigener Erfahrung, dass der Fisch immer am Kopf zuerst stinkt. Es kam also darauf an, dass die Führungskräfte in Wirtschaft, Politik, Kirche, Kultur und Wissenschaft vorangingen. Doch diese zögerten, weil sie in ihren alten Bildern verfangen waren und keine innovativen Änderungen zulassen wollten. So bildeten sich neue Führungskräfte heraus, ganz einfach dadurch, dass sie weitreichende Veränderungen einführten und damit zwangsläufig die Führung übernahmen.

So wuchs in den Menschen in der freien Stadt die Sehnsucht nach Freiheit durch Verantwortung und sie entwickelten dazu klare Zukunftsbilder. Ebenso zu ihrer stolzen freien Stadt, die durch die unbändige Kraft ihrer Bürger schon bald einzigartig dastand. Denn je mehr die Menschen Eigenverantwortung übernahmen und damit Freiheit erreichten, desto mehr wuchs der Wohlstand für alle.

Alles Gute kommt von unten

Nachdem die Menschen um die herausragende Bedeutung der Visionen wussten, fragten sie sich, welche Zukunftsbilder sie denn für ihre Stadt und für sich selbst verfolgen sollten. Dazu schufen sie mit dem Fremden einen dritten Wegweiser: *„Alles Gute kommt von un-*

ten", den sie an allen Bäumen der Stadt befestigten - und ihre freie Stadt war eine grüne Stadt mit sehr vielen Bäumen. So blieb es nicht aus, dass sich schon sehr bald viele, viele Menschen mit der Bedeutung dieses Wegweisers beschäftigten.

Früher hatten sie immer darauf gewartet, dass die notwendigen Veränderungen und Reformen von oben, von den zentralen Führungseinrichtungen kommen würden, denn so waren sie es gewohnt. Nun warteten sie lange vergeblich. Sie mussten feststellen, dass die neue Zeit ihnen einen Paradigma Wechsel beschert hatte. Es ging nicht mehr, von oben vorzugeben, wie unten gelebt werden sollte. Sie selbst wollten diese zentralen Vorgaben nicht mehr einhalten. Sie wollten selbst herausfinden, was für sie gut und richtig ist, wollten einen eigenständigen, selbstbestimmten und freien Weg beschreiten.

Und die Menschen der freien Stadt erkannten schmerzhaft, dass sich das System von selbst gar nicht ändern kann. Sie selbst waren keine Zuschauer, sondern Mitspieler in dem System. Immer hatten sie gemeint, die anderen müssten etwas tun. Nun fanden sie heraus, dass sie selbst die anderen sind. Das gesellschaftliche System belohnt nur die Verhaltensweisen, die dem System dienen. Die Konservierung und Fortführung des Systems ist also systemimmanent, ist integrierter Bestandteil. Die alten Führungskräfte würden daran kaum etwas ändern, weil ja gerade dieses System sie zu Führungskräften gemacht hatte. Sollten sie etwa den Ast absagen, auf dem sie selbst saßen?

„Es fangt alles mit uns selbst an", hatte ihnen der Fremde immer wieder gesagt. So erkannten die Menschen mit ihrem dritten Wegweiser, dass sie selbst das System waren. Und sie entfachten mit leidenschaftlicher Energie eine Evolution von unten. „Alles Gute kommt von unten" war schnell ein viel gesprochenes Leitwort in der freien Stadt.

Die Menschen überließen nicht länger die Vertretung ihrer Interessen Fremden, die selbst als Funktionäre aus eigener Erfahrung gar nicht wissen konnten, worum es ging. Außerdem erkannten sie, dass diese Funktionäre und Lobbyisten Veränderungen und Fortschritt behinderten, häufig gar verhinderten. Denn immer, wenn Politik oder auch die Führungskräfte der Wirtschaft Veränderungen einleiten wollten, warfen sich vehement irgendwelche Lobbyisten in die Bresche und verhinderten so Reformen.

Da sich die Menschen in der freien Stadt ihre Visionen, die es zu erreichen galt, gemeinsam entwickelt hatten und so im Ziel einig waren, konnten sie in den Wegen der Zielerreichung sehr viel Freiheit belassen und ganz unterschiedliche Lösungswege beschreiten. Vieles erschien zunächst chaotisch und die Zentralen beschworen den Untergang des Abendlandes, die Lobbyisten fürchteten um ihre Machtpositionen und waren gegen alles. Doch unbeirrt schufen die Menschen ein neues System, das aus einer ausgewogenen Mischung zwischen zentraler Steuerung und der intensiven Nutzung der vielen dezentralen Kapazitäten der Stadt sowie einer dezentralen Wahrnehmung und Realisierung in den einzelnen Stadtquartieren bestand. Überall in der freien Stadt erscholl der Ruf: „Wir sind das System, wir selbst ändern es! Im Ziel sind wir uns einig und deshalb können viele verschiedene Wege nach Rom führen."

Wohlstandsmehrung durch Vermeidung sozialer Kosten

Bei allem Aufbruch Willen mussten die Menschen doch ernüchternd feststellen, dass ihnen überall das Geld fehlte. Trotz eines Staatsanteils von annähernd fünfzig Prozent war seltsamerweise der Staat überhaupt nicht reich. Er machte vielmehr große Schulden und allein der Kapitaldienst für diese Schulden fraß alle Spielräume auf, so dass Neues nicht finanziert werden konnte. Aber auch die Mehrzahl der Bürger schwamm keineswegs im Geld - im Gegenteil. Sie hatten immer weniger in der Tasche und alle fragten sich, wo denn das schöne Geld bleibt, das in einer der produktivsten, einkommensstärksten Städte Europas erwirtschaftet wurde.

Die Antwort war schnell gefunden. Die ständige Umverteilung über den Staat und die ausufernden Sozialkosten rafften alles dahin, und so wurden die Menschen bei allem Wohlstand, bei aller materiellen Absicherung immer freudloser und unzufriedener. Gemeinsam mit dem Fremden stellten sie einen vierten Wegweiser für ihre Zukunft auf: *„Wohlstandsmehrung durch Vermeidung sozialer Kosten".*

Der Fremde hatte den Menschen der freien Stadt von einem großen amerikanischen Präsidenten erzählt, der seinen Bürgern verdeutlicht hatte, dass der Staat für die Bürger nicht das tun kann, was sie für sich selbst tun konnten. In der Tat, die Menschen der freien Stadt hatten zunehmend immer mehr ihre eigenen Aufgaben an den Staat abgegeben.

Eigentlich ein Schlaraffenland, in dem dauernd ein anderer, irgendein anonymer Staatsapparat für das Wohlergehen sorgt. Aber seltsam, obwohl die Menschen ständig mehr für diese staatliche Fürsorge zahlten, kam immer weniger dabei heraus. Die Lösungen wurden immer unmenschlicher und hatten mit Sozialpolitik längst nichts mehr zu tun. Sämtliche Signale waren so gestellt, dass das Handeln der Unternehmen und der Privathaushalte nur auf eigene Nutzenmehrung ausgerichtet war. Damit entstanden aber zugleich ständig wachsende Sozialkosten, die auf den Staat abgewälzt wurden. Die Menschen waren für sich selbst nicht mehr zuständig, hatten ihre meisten Aufgaben an den Staat abgegeben und schimpften zugleich, dass der Staat ihnen ihre Aufgaben gestohlen hätte und sie damit immer stärker fremdbestimmt würden.

Damit sollte nun Schluss sein. Als wichtigstes Element ihrer Zukunftsvisionen verankerten die Menschen in der Verfassung ihrer Stadt das Recht auf Problemeigentum. Durch ihr eigenes verantwortungsbewusstes Handeln wollten sie ganz einfach dem Staat die Aufgaben wegnehmen, ihm keine Chance lassen, tätig zu werden, weil sie es selbst viel besser, viel kostengünstiger, viel menschlicher wahrnehmen konnten.

Und es funktionierte.

Hatten früher Gewerkschaften und Arbeitgeberverbände in ihren Tarifrunden Produktivitätsfortschritte verteilt, orientierten sie ihre Abschlüsse nun daran, die Sozialkosten zu minimieren.

Hatte früher die Vielzahl der gesetzlichen Absicherungen eine Mentalität der Selbstbedienung und der staatlichen Garantie auf trügerische Sicherheit und Wohlstandsmehrung geschaffen, wurde nun die Pflichtversicherung auf eine Grundversicherung zurückgeführt und stattdessen die Eigenverantwortung und Selbstvorsorge zum wichtigsten Ziel erklärt.

Hatten früher Unternehmer und Bürger auf die Bürokratielawine und die gesetzliche Regelungswut geschimpft, erkannten sie nun, dass der Staat überall dort mit Bürokratie und Gesetzen einsprang, wo sie selbst nicht gehandelt hatten.

Natürlich waren die Staatsapparate und die große Schar der Lobbyisten anfangs strikt dagegen, dass die Menschen der freien Stadt erwachsen wurden und Verantwortung für sich selbst übernahmen. Denn schließlich hatten sie bislang davon gelebt, dass die Bürger - unmündig wie Kinder - alles Schalten und Walten ihnen überließen. Sie brauchten doch diese armen, hilflosen, unwissenden Menschen, an die sie großzügig Wohltaten verteilen konnten und damit ihre eigenen Arbeitsplätze sicherten.

Damit war nun Schluss. Die Staatsapparate wurden gezwungen, Eigenverantwortung zu ermöglichen und diese auch konkret einzufordern. Und nach einigen Jahren erkannten auch die letzten Beamten und Funktionäre, dass es viel schöner ist, mit selbstverantwortlichen, erwachsenen Personen zusammenzuarbeiten, anstatt ständig nur unmündige Menschen von sich abhängig zu machen.

Mit diesem vierten Wegweiser machten die Menschen der freien Stadt sich auf den Weg, Freiheit durch Eigenverantwortung zu realisieren. Gewiss ein steiniger, aber ein sehr lohnender Weg, auf dem selbst die größten Hindernisse niemanden aufhalten konnte, denn am Ziel winkte die große, mächtige und kraftvolle Vision der Freiheit.

Investitionen in Köpfe bringen die besten Zinsen

Die Menschen mussten jedoch auch erkennen; dass diese Eigenverantwortung, die erst Freiheit ermöglichte, nicht einfach vom Himmel fiel. Bildung war der Schlüssel zur Lösung des Problems. So stellten sie als riesengroßes Transparent vor ihrer Schulbehörde sowie in kleinerer Ausfertigung an jeder Schule ihrer Stadt den fünften Wegweiser auf: *„Investitionen in Kopfe bringen die besten Zinsen ".*

Die Entwicklung ihrer Kinder war ihnen viel zu wichtig, als diese nur den Schulen zu überlassen. Familien wurden wieder als die bedeutendste Zelle der Gemeinschaft erkannt. Mit aller Kraft wurden Familie, Nachbarschaft und sämtliche kleinen Einheiten in der Gesellschaft gefördert. In ihrer großen Weltstadt entwickelte sich in den einzelnen Stadtquartieren eine vielfältige Lebendigkeit, die von Kirchen, Vereinen und einer unüberschaubaren Zahl von Eigeninitiativen geprägt wurde.

Kinder wurden in ein dichtes Netzwerk eingebunden, waren nach der Schule nicht mehr allein vor dem Fernseher, wenn beide Elternteile arbeiteten. Die ältere Frau aus der Nachbarschaft übernahm die Rolle der Großmutter, der Rentner von nebenan verstand sich als Großvater. Die Kleinfamilie war nicht länger isoliert, wuchs vielmehr in neue Formen einer intakten Großfamilie von nicht Blutsverwandten hinein, in der die Kinder von klein auf feste Orientierung und viele Ansprechpartner fanden, spielerisch in Eigenverantwortung hineinwuchsen und die Tugenden lernten, die keine Schule der Welt ihnen vermitteln konnte.

Der Fremde hatte den Menschen ein Bild ihrer Schulen gemalt. Dieses Bild, das von den Tageszeitungen abgedruckt und vielfach diskutiert wurde, zeigte, wie am Eingang der Schule sehr unterschiedliche Kinder hineingingen: große und kleine, dicke und dünne. Und am Ausgang kamen die Kinder dann alle gleich heraus: gleich groß, gleich dick. Diese Gleichmacherei löste großes Entsetzen aus, ist doch jedes Kind eine einzigartige Schöpfung. Daraufhin setzten in den Schulen wieder eine starke Differenzierung und die bestmögliche individuelle Förderung jedes einzelnen Kindes gemäß seinen Möglichkeiten ein. Keinem wurde verwehrt, die höchsten Abschlüsse zu erreichen, es mussten dafür aber auch die entsprechenden Leistungen erbracht werden. Einbahnstraßen der Bildung wurden abgeschafft und stattdessen viele Wege, auch Umwege geschaffen, die anspruchsvollen Leistungsziele zu erreichen. Größten Wert wurde auf die Vermittlung grundlegender Kulturtechniken gelegt, belohnt wurde die Herausbildung von Tugenden wie Aufrichtigkeit, Engagement, Lernbereitschaft, Pünktlichkeit und Einsatzfreude.

Auch in der beruflichen Bildung und im Studium vollzogen sich weitreichende Reformen. Man erkannte, dass bislang das rein intellektuelle Bildungsideal überbewertet worden war, und förderte deshalb den allgemeinbildenden Charakter der Berufsbildung mit einer harmonischen Entwicklung aller geistigen und körperlichen Fähigkeiten.

Einseitige Spezialisierungen fanden ein Ende. Ausgebildet wurden Systemspezialisten, die sich auf der Basis einer soliden Bildung schnell wechselnde Spezialkenntnisse aneignen konnten, diese aber immer im gesamten System einzuordnen wussten. Da die wichtigsten Ressourcen für Innovationen Kreativität und Unternehmergeist sind, wurden diese Fähigkeiten nachhaltig gefördert. So wuchs eine neue Generation in der freien Stadt heran, die nicht darauf wartete, dass der Staat ihr Chancen geben sollte, sondern die selbst diese Chancen durch ihr Handeln entwickelte und nutzte.

Eine solche Verbreiterung der Wissensebene wurde nicht der bis dahin geltenden Ausbildung zusätzlich aufgepflanzt, was nur noch mehr Chaos und noch längere Ausbildungszeiten bewirkt hätte. Vielmehr wurde das gesamte Bildungssystem inhaltlich völlig neu orientiert und gleichzeitig die Ausbildungszeiten verkürzt. Stark ausgeweitet wurden dagegen die Weiterbildungszeiten während der Berufsausübung und so ein lebenslanges Lernen realisiert.

Die Unternehmer der freien Stadt stellten fest: „Wir brauchen die höchsten Qualifikationen, wir wollen die Besten. Unsere Mitarbeiter sind unser wichtigstes Kapital und in deren Wissen und Können zu investieren, bringt die besten Zinsen."

Dies fanden auch die Banken heraus. Bei der Beurteilung der Kreditwürdigkeit wurden die Ausbildung des Unternehmers selbst und die Qualifikationen seiner Mitarbeiter zu einem zentralen Kriterium. In dem lebendigen Wissen und den Fähigkeiten der Menschen fanden so die Banken größere Sicherheiten als in toten Maschinen oder Gebäuden. Dies hatte bereits der Fremde den Menschen vermittelt, als er feststellte: „Die Handwerksmeister haben eine solide Ausbildung, können deshalb erfolgreich sein, Arbeitsplatze schaffen und Zukunft gestalten."

Freie Fahrt für Innovationen

Der grundlegende Wandel in der Bildung machte die freie Stadt zu einem starken Magneten, der die fähigsten Köpfe aus der ganzen Republik und ebenso aus dem Ausland mit magischen Kräften anzog. So wuchs ein unschätzbares Potential von kreativen, verantwortungsbewussten und unternehmerischen Menschen. Sie begegneten den Herausforderungen der neuen Zeit nicht länger mit den Mitteln von gestern und vorgestern, sondern schufen innovative Lösungen. Dies verkündete auch ihr sechster Wegweiser: *„Freie Fahrt für Innovationen",* den die Menschen mit dem Fremden vor ihren Universitäten und Hochschulen aufstellten.

Unter Innovationen verstanden die Menschen keineswegs nur neue Techniken, sondern noch viel intensiver gesellschaftliche und organisatorische Neuerungen. Durch vielfältige Vernetzungen von Menschen, ihrem Wissen und Investitionen wurden solche Innovationen nachhaltig gefördert. Dabei kamen ihnen die überschaubaren Strukturen der freien Stadt besonders zugute. Durch die räumliche Nähe zwischen den Akteuren entstand ein direkter Austausch, Unternehmen und Universitäten arbeiteten eng zusammen, überall entstanden unterschiedliche Kompetenzzentren, die die Knotenpunkte in dem Netzwerk der Entwicklung von Innovationen bildeten. Die Stellen des Wissenstransfers wurden zugleich zur Einrichtung der Wissensabsorption. Aus den Hochschulen floss durch das direkte Miteinander Wissen in die Unternehmen, wurde hier absorbiert, und gleichzeitig floss damit Wissen aus den Unternehmen in die Hochschulen, um dort in Verbesserungen und neue Forschungen aufgenommen zu werden. Alle wurden zu Gebenden und zu Nehmenden gleichzeitig. Das innovative Klima beflügelte die gesamte Stadt, und es war längst keine Seltenheit mehr, dass sich ein Professor in einen Handwerksbetrieb begab, um dort mit dem Meister Neuentwicklungen zu realisieren.

Standen bislang in allererster Linie Rationalisierungsinnovationen im Vordergrund, die helfen sollten, Produktionskosten einzusparen, um so insbesondere mit weniger Menschen mehr produzieren zu können, wurden nun Produktinnovationen sowie insbesondere soziale Innovationen zu einem Schwerpunkt, die schon bald mit ihren Erfolgen die Rationalisierungen überflügelten.

Der Fremde hatte den Menschen in der freien Stadt viel von einer neuen Bescheidenheit und von dem großen, weltweiten Bedarf nach problemgerechten, maßgeschneiderten Lösungen berichtet. So machten sich die Kaufleute der Stadt, die in allen Ländern der Welt zu Hause waren, auf, nicht nur die in der Heimat hergestellten Produkte zu verkaufen, sondern genau zu beobachten, was denn die Menschen in den einzelnen Teilen der Welt tatsachlich brauchten. So wurden die Kaufleute Beobachter der Märkte von morgen und Kundschafter für die einheimische Wirtschaft. Dabei machten sie eine interessante Entdeckung: Die großen Märkte der Zukunft lagen keineswegs in den Pionierleistungen, sondern in dem Abstand zwischen den wenigen Pionieren und dem durchschnittlich erreichten Stand in den einzelnen Ländern. Auf diesen Aufholungsbereich konzentrierte die freie Stadt ihre Innovationen. Demgemäß handelte es sich dabei gar nicht so sehr um neue Hightech Verfahren, sondern um den Einsatz angepasster Technologien und insbesondere um technische Perfektionierung und Verkettung bestehender Technologien.

Komplette, passgenaue Problemlösungen aus der freien Stadt, für die weltweit ein enormer Bedarf bestand, verhalfen zu einem nachhaltigen wirtschaftlichen Aufschwung, den selbst die größten Optimisten nicht für möglich gehalten hatten. So wurde ,,Made in der freien Stadt" zu einem weltweiten Qualitätsbegriff und festigte den Ruf als die herausragende Ideenschmiede Europas.

Die Kleinen sind die wahren Großen

In dem umfassenden Innovationsprozess stellte sich schnell heraus, dass besonders die kleinen und mittleren Unternehmen wahre Meister der technischen Perfektionierung, der angepassten Technologien und der Produktentwicklung sind. Zum Glück gab es hundertfünfzigtausend mittelständische Unternehmen in der Stadt. So entwickelte sich schnell die klare Vision: Wenn wir die kleinen und mittleren Unternehmen so intensiv unterstützen, dass in einem Zeitraum von drei Jahren nur in jedem zweiten Unternehmen ein neuer Arbeitsplatz entsteht, dann haben wir 75.000 zusätzliche Arbeitsplätze und damit wieder Vollbeschäftigung. Aus diesem Zukunftsbild erwuchs der siebte Wegweiser: *„Die Kleinen sind die wahren Großen".* Diesen Wegweiser platzierten die Menschen vor den Türen der Handwerkskammer und der Handelskammer sowie vor allen Behörden in ihrer Stadt, damit diese zentralen Einrichtungen immer daran erinnert wurden, sich intensiv den kleinen und mittleren Unternehmen zu widmen.

Diese aktive Förderpolitik richtete sich keineswegs gegen die Großunternehmen - im Gegenteil. Erst aus der Symbiose der wenigen großen mit den vielen, vielen kleineren Unternehmen konnte ein wirtschaftlicher Gesundungsprozess mit Wohlstand für alle erwachsen. Es ging den Menschen deshalb darum, die internationale Wettbewerbsfähigkeit zu stärken und weiter gezielt den Großunternehmen zu helfen, gleichgewichtig jedoch die bunte Vielfalt der kleineren Unternehmen zu fördern, damit den bislang eher vergessenen Mittelstand aus seinem Schattendasein herauszulösen, Raum und Kraft zur Entfaltung seiner lebendigen Stärken zu geben.

„Das Leben ist Mischwald und nicht Baumschule", hatte der Fremde immer wieder verkündet. So machten die Menschen sich daran, diese Kultur des Mischwaldes in ihrer Stadt zu entwickeln. In jedem Bebauungsplan wurden mindestens zehn Prozent der Flächen für das Gewerbe reserviert. Entlang von Lärmstrangen viel befahrener Straßen und Eisenbahnen wurde Gewerbe als Schutz für die dahinterliegenden Wohnungen angesiedelt. In isolierten großen Wohnsiedlungen wurden einzelne Etagen für gewerbliche Zwecke umgewidmet. In alten Industriebrachen wurden preiswerte Saatbeete für Existenzgründer hergerichtet. Auf jede nur erdenkliche Weise wurde die lebendige Mischung von Wohnen und Arbeiten, von Groß und Klein, von Produzenten und Dienstleistern, von Künstlern und Handwerkern gefördert.

Schnell erkannte man in der freien Stadt, dass die kleinen Betriebe in ihrer Schnelligkeit, Flexibilität und Innovationskraft unschlagbare Vorteile aufzuweisen hatten. Im Vergleich zu den Großunternehmen gab es jedoch einen entscheidenden Nachteil. Die größeren Unternehmen konnten über eigene Stabe verfügen: Personal-, Forschungs-, Marketing-, PR-Abteilungen, die die vielfaltigen Unternehmensfunktionen erfüllten. In den kleineren Betrieben musste dies alles der Betriebsinhaber selbst erledigen und war damit trotz der intensiven Mithilfe seiner Ehefrau schnell vollständig überfordert. So wurden die Kammern zu Dienstleistungsunternehmen, die den kleinen und mittleren Betrieben nach marktwirtschaftlichen Prinzipien sämtliche benötigten Stabsfunktionen lieferten. Die Handwerkskammer schuf eine Personalagentur, die für ihre Mitglieder die Personalentwicklung erledigte und passgenau die benötigten Arbeitskräfte vermittelte oder weiterbildete. Sie gründete ein Umweltzentrum als Beratungs- und Entwicklungslabor für den Mittelstand. In der gesamten Stadt verteilt entstanden zweiundzwanzig Kompetenzzentren, die bei der Ausbildung halfen, Fortbildungen organisierten, Beratungen und sämtliche benötigten Dienstleistungen bereitstellten.

Die Technische Universität erforschte die Bedingungen für die weitere wirtschaftliche Entwicklung und stellte dabei fest, dass der größte Arbeitsplatzzuwachs in den wohnungs- und unternehmensnahen Dienstleistungen möglich wäre. Die Zukunftswerkstatt der Handwerkskammer erprobte daraufhin in zwei Stadtquartieren ein Konzept der quartiersbezogenen Gewerbeförderung. Daraus erwuchs eine völlig neue wirtschaftspolitische Strategie, die die Sicherung und Entwicklung des mittelständischen Unternehmensbestandes in den Mittelpunkt rückte. Sämtliche Behörden der Stadt widmeten sich intensiv der quartiersbezogenen Gewerbeforderung und trachteten mit allen Kräften danach, zu helfen, in den kleinen und mittleren Unternehmen bestehende Arbeitsplätze zu sichern und neue zu schaffen.

Die freie Stadt erlebte einen wahren Boom von Existenzgründungen. Die Zahl der jährlichen Neugründungen wuchs in vier Jahren um fünfzig Prozent, und jeder dieser Gründer beschäftigte im Durchschnitt nach einem Jahr bereits drei Personen.

So erfüllte sich die große Vision der Menschen. Die Erfolge der einzelnen Wegweiser griffen ineinander, verstärkten sich gegenseitig. Die drastische Reduktion sozialer Kosten durch wahrgenommene Eigenverantwortung, die neue Bildungspolitik, die Förderung jeglicher Innovationen und die systematische Hinwendung zu den kleinen und mittleren Unternehmen in der Stadt ermöglichten eine nie für möglich gehaltene Zunahme der Arbeitsplätze. Nach drei Jahren waren es zwar nicht die gewünschten 50.000, immerhin jedoch 35.000 neue Arbeitsplätze. Zwei Jahre später war die ursprünglich angepeilte Marke "50.000 zusätzliche Arbeitsplätze" längst übersprungen.

Und wenn in diesen Jahren ein Gast in die freie Stadt kam, am Flughafen in ein Taxi stieg und den Fahrer fragte: "Wie geht es hier in ihrer Stadt?", dann war stets die selbstverständliche Antwort: „Gut geht's uns. In unserer freien Stadt lohnt es sich, selbständig und innovativ zu sein". Und auf die nächste Frage des Fahrgastes, ob er denn angestellter Fahrer oder selbständiger Unternehmer sei, kam die verblüffende Antwort: "Bei uns ist jeder unternehmerisch tätig, egal ob Arbeitgeber oder Arbeitnehmer. Unternehmer sein heißt Verantwortung zu tragen. Wir alle tragen Verantwortung für das Ganze, wir alle unternehmen etwas für unsere Stadt - jeder nach seinen Möglichkeiten und besten Kräften."

Mit neuen Qualitäten wachsen

Selbstverständlich beteiligten sich nicht alle Einwohner an diesem Aufbruch zu neuen Ufern. Selbstverständlich gab es auch Kritiker, die fragten: „Kennt ihr nicht die

Grenzen des Wachstums? Wollt ihr denn immer weiter wachsen?" Doch, die Menschen wollten wachsen und schufen dazu ihren achten Wegweiser: *"Mit neuen Qualitäten wachsen"*, den sie an allen großen Straßen ihrer Stadt aufstellten. Denn hier war jetzt sehr viel Platz, weil bei der ausgeprägten Eigenverantwortung über die Hälfte aller Verkehrsschilder nicht mehr benötigt wurde.

„Schaut doch ganz einfach in die Natur, da findet ihr alles, was ihr braucht. Die Natur hat zu jedem Problem eine Lösung", hatte ihnen der Fremde gesagt. Und die Menschen schauten in die Natur und erkannten: Überall, wo etwas aufhört zu wachsen, beginnt der Tod. Überall, wo etwas hart, verknöchert und unbeweglich wurde, setzte bald das Sterben ein. Also wollten die Menschen in der freien Stadt weich, flexibel und beweglich bleiben und ständig weiterwachsen.

Mit ihrem alten System war mit dem Wachstum ein überproportionaler Anstieg der Sozialkosten und unverantwortlicher Verbrauch von Umweltgütern verbunden. Die Umwelt-, Krankheits- und Arbeitslosenkosten explodierten. Im Zuge der Arbeitsteilung hatten sie ihre Verantwortung für diese Kosten ausgeklammert und an den Staat überwiesen. Alles, was einzelwirtschaftlich zu guten Erträgen führte, verursachte in mindestens doppelter Höhe gesamtwirtschaftliche Kosten, sodass es letztlich fast allen immer schlechter ging. Und weil sie durch Arbeitsteilung und Spezialisierung größere einzelwirtschaftliche Produktivitätsfortschritte erreichten, erzeugten sie damit einen automatischen Zwang zur Explosion der Sozialkosten.

Nein, ein solches Wachstum, das die Erfolge der Arbeit auffraß und sie immer ärmer machte, wollten sie nicht länger. Die Menschen entschieden sich deshalb für ein Wachstum neuer Qualitäten. Das System wurde fortan so ausgerichtet, dass sämtliche Sozialkosten in einzelwirtschaftliches Handeln automatisch einbezogen werden mussten. Durch diese Internalisierung wurden die Produktivitätsfortschritte an einer Minimierung der Sozialkosten orientiert. Es entstand ein Nettowachstum neuer Art. Honoriert wurden der geringste Umweltverbrauch, die langlebigste Nutzung und Wiederverwendung der Güter und die geringste Erzeugung von Arbeitslosigkeit.

Wie das funktionierte?

Eigentlich ganz einfach, denn der Fremde hatte ihnen erklärt: ,,Ihr habt Eure Welt viel zu kompliziert gemacht. In der Einfachheit liegen die besten Lösungen."

So wurden beim Transport von Gütern sämtliche entstehenden Kosten - einschließlich Umweltverbrauch - in die Energiepreise einbezogen.

In jedem Produkt, das importiert oder im Land hergestellt wurde, mussten zwangsläufig sämtliche Kosten des Umweltverbrauchs, der Entsorgung oder des Wiederaufbereitung einbezogen werden. Damit wurden die Herstellung langlebiger Güter und die Entwicklung regionaler Wirtschaftskreisläufe begünstigt. An der Stelle des Prinzips „Von der Wiege zur Bahne" entstand die Wirtschaftsweise „Von der Wiege zur Wiege". Steigerung der Energieeffizienz, Einsatz regenerierbarer Energien, Umwelt- und Gesundheitsschutz wurden zu lohnenden Marktfeldern und bereits in wenigen Jahren war die freie Stadt in diesen ausgesprochenen Wachstumsbereichen innovativer und leistungsstarker Marktführer.

Das Handwerk erfuhr als wahrer Meister im nachhaltigen Wirtschaften einen großen Aufschwung. Es realisierte Energiesparen, reparierte, entwickelte angepasste Technologien. Anstelle von Wegwerfmöbeln mit riesigem Ressourcenverbrauch stellten Tischler langlebige Möbelstücke her, die als Antiquität von morgen und übermorgen ständig im Preis wuchsen. Das Handwerk lieferte seinen Kunden den gewünschten Mehrwert: Individualität, Gestaltung, Qualität, umfassende Dienste, Beratung und komplette Problemlösungen.

In Stärken investieren

In den langen Zeiten der Industrialisierung hatten die Menschen in zunehmendem Maße in der Arbeitswelt Sinngebung verloren. Die Arbeitsverdichtung nahm laufend zu, Freude verschwand, der Mensch flüchtete in die Freizeit, Arbeit verkam zum reinen Lebenserwerb. Die Menschen hatten in ihrem Arbeitsleben essentielle Bedürfnisse lange unterdrückt, die nun förmlich nach Befriedigung schrien. Der neunte Wegweiser zeigte ihnen einen Weg aus dieser Misere: *„In Stärken investieren"*. Er hing in der freien Stadt über hunderttausendmal an jeder Tür, an jedem Tor eines jeden Unternehmens.

Im Industriezeitalter wurden Produktivitätsfortschritte durch Arbeitsteilung und Spezialisierung erreicht. Da im industriellen Wachstumsmodell die Produktivität ständig steigen muss, wurden Arbeitsteilung und Spezialisierung immer weiter voran getrieben, bis der einzelne Menschen nur noch kleinste Ausschnitte eines zusammengehörigen Prozesses bearbeitete und den Blick für das Ganze verlor. Die damit verbundene Reduktion auf extreme Spezialisierung und Sinnentleerung machte die Menschen krank, unmotiviert, uninteressiert und veranlasste zu einer Flucht aus Arbeit. Gleichzeitig explodierten damit die Sozialkosten erneut, sodass trotz immer raffinierterer Arbeitsteilung und extremer Spezialisierung volkswirtschaftlich keine Produktivitätsgewinne mehr möglich waren.

Der Fremde las den Menschen in der freien Stadt dazu aus Friedrich Hölderlins `Hyperion` vor: „Es ist ein hartes Wort, und dennoch sage ich`s, weil es die Wahrheit ist: Ich kann kein Volk mir denken, das zerrissener wäre wie die Deutschen. Handwerker siehst du, aber keine Menschen. Denker, aber keine Menschen. Priester, aber keine Menschen. Herren und Knechte, junge Leute und gesetzte Leute, aber keine Menschen – ist das nicht wie ein Schlachtfeld, wo Hände und Arme und alle Glieder zerstückelt untereinander liegen, indessen das vergossene Lebensblut im Sande zerrinnt."

Dazu fordert der Fremde die Menschen auf, weiterhin die Vorteile der Arbeitsteilung zu nutzen, gleichzeitig aber über Kooperation wieder Ganzheitlichkeit herzustellen, sodass der Mensch mit allen seinen Sinnen gefordert und vollständig einbezogen wird. Nach seiner Auffassung würden Mikro-Elektronik und Computertechnologien dies ermöglich, beispielsweise Bau von Autos in Gruppenarbeit, anstatt am Fließband oder Gestaltung, Design, Planung und Produktion am Computer.

Die Evangelische Kirche hatte eine Denkschrift „Handwerk als Chance" herausgegeben. Darin wurde insbesondere das Handwerk als Modell für die weitere gesellschaftliche Entwicklung beschrieben. Der Fremde hatte dieses Buch tausendfach verteilt - es wurde zu einem Bestseller in der freien Stadt.

In den überschaubaren kleineren Betriebsformen gab es noch ein direktes Miteinander von Meister, Geselle und Lehrling. Hier waren die Arbeitsformen noch ganzheitlich ausgerichtet und überschaubar: Von der Idee über die Planung und Gestaltung bis hin zu Produktion, Beratung und Verkauf. Deshalb lag die Bedeutung der handwerklichen Ausbildung auch nicht allein in den hohen Ausbildungszahlen, sondern besonders in dem immanent allgemeinbildenden Charakter einer solchen Bildung, die alle Sinne anspricht. Handwerk in der freien Stadt, das war die Einheit von Kopf, Herz und Hand.

Man entdeckte, dass mit dieser ganzheitlichen Arbeitsform unter Einbezug sämtlicher Sozialkosten hohe Nettoproduktivität erzielt werden konnte. Handwerk wurde so zum Modell, dem immer mehr andere Wirtschaftsbereiche folgten. Und das Handwerk musste sich selbst mächtig ins Zeug legen, sich weiterentwickeln, um nicht ins Hintertreffen zu geraten.

In den Unternehmen entwickelten sich die Führungskräfte zu Chancenmanagern und Entwicklungshelfern, die das Wachstum im Mitarbeiter förderten. Da die alten

Produktivitätsreserven weitestgehend erschöpft waren, mussten nun neue Energiequellen für die Betriebe gewonnen werden. Diese lagen insbesondere in der Motivation und Arbeitsfreude der Mitarbeiter. Gefragt war weniger eine neue Technik, wohl aber eine neue Kunst des Managements, die die Unternehmen zu verschworenen Gemeinschaften machte und soziale und persönliche Energie durch Freude, Liebe und Geist weckte und so zu einer kostenlosen, schier unerschöpflichen Energiequelle wurde. So wurden in der freien Stadt Arbeitgeber zu Sinngeber der Arbeit und Arbeitnehmer zum Mitunternehmer.

Diese neue Führung und die in den Unternehmen gelebten kooperativen Werthaltungen waren auch der zentrale Schlüssel für die unterschiedlichsten, äußerst intensiven Formen der betrieblichen Zusammenarbeit. In allen Marktfeldern wurden zunehmend Dienste aus einer Hand und komplette Problemlösungen verlangt. Da ein einzelnes kleines Unternehmen dies nicht leisten konnte, arbeiteten sie in dichten Netzwerken der Kooperation zusammen, die sich auch im internationalen Bereich bewährten. Eingebettet in ein Netzwerk mit vielen kleinen und wenigen großen Unternehmen, mit Kaufleuten und Fachleuten aus den Kammern wurden selbst Kleinunternehmer im Export tätig.

Trotz aller weltweiten Aktivitäten blieb jedoch der einheimische Markt das wirtschaftliche Herzstück. Die Lebendigkeit in den Stadtquartieren lebte vom direkten Miteinander und höchster Dienstleistungsbereitschaft, wobei Qualität weniger an technischen Normen und Vorschriften gemessen wurde - diese galten als selbstverständlich. Qualitätsarbeit in und aus der freien Stadt zeigte sich darin, dass zu einhundert Prozent Kundenwünsche erfüllt wurden.

Gewisse Vorbildfunktionen hatte das Handwerk auch für ehrenamtliches Wirken. Schon immer waren im Handwerk weit über tausend Personen in hohem Maße ehrenamtlich engagiert. Zunehmend wurde nun ehrenamtliches Tun in allen Lebensbereichen zum zentralen Motor und Träger der Entwicklung.

Mit solidarischer Ökonomologie ist weniger viel mehr

Vor den Toren des Rathauses platzierten die Menschen an allen vier Seiten des Rathausmarktes gemeinsam mit dem Fremden groß und deutlich ihren zehnten und letzten Wegweiser: *„Mit solidarischer Ökonomologie ist weniger viel mehr".*

Was hatte es mit diesem Wortungetüm „solidarische Ökonomologie" auf sich?

Die Menschen hatten es bewusst gewählt, damit jeder sofort nachfragen musste, was dies zu bedeuten hätte.

Insbesondere durch die ausgeprägte Eigenverantwortung und durch die Privatisierung der Sozialkosten, die zwangsläufig infolge des Einbezugs der Sozialkosten in das wirtschaftliche Handeln der Unternehmen und der Privathaushalte entstand, waren riesige Einsparungen realisiert worden. Da außerdem die Wirtschaft stark und dauerhaft florierte und die Arbeitslosigkeit mit rund vier Prozent wieder das Niveau der Vollbeschäftigung erreichte, schmolzen die öffentlichen Schulden wie ein Schneeball in der Sonne. Nun gingen die Menschen in der freien Stadt daran, Energie und Umweltgüter schrittweise, aber zuverlässig über viele Jahre zu verteuern. Die Mehreinnahmen benutzten sie zu einhundert Prozent, um die Arbeitskosten zu senken.

Die Handelskammer schrie zunächst: „Verrat!"

Da führte der Fremde die ablehnenden Kritiker und Zweifler in einen großen Hörsaal ihrer Universität. Hier hielt ein Professor eine Einführungsvorlesung zur Volkswirtschaft für Erstsemestrige: „Wirtschaften bedeutet Umgang mit knappen Gütern, und auf vollständig freien Markten bestimmen die Knappheitsverhältnisse des Gutes dessen Preis. Je knapper das Gut, desto höher der Preis."

Da wollte der Fremde wissen: „Arbeitskräfte sind so reichlich vorhanden, dass hohe Arbeitslosigkeit herrscht. Aber die Arbeitskosten sind extrem hoch..."

„Ja, und das ist gegen die freie Marktwirtschaft", donnerte der Professor.

Weiter wollte der Fremde wissen: „Umweltgüter sind sehr knapp geworden, gemessen an diesen Knappheitsverhältnissen aber recht billig..."

„Ja, und das ist gegen die freie Marktwirtschaft", donnerte erneut der Professor.

Schließlich wollte der Fremde wissen: „Dann müssen ja gemäß Marktwirtschaft Arbeitskräfte preiswerter und Umweltgüter teurer werden..."

„Ja, natürlich! Ich kenne Sie zwar nicht, aber Sie haben das Prinzip der Marktwirtschaft genau verstanden", donnerte der Professor erneut.

Der Bann war gebrochen. Mit preiswerten Arbeitskräften wurde der Zwang zur Rationalisierung und zur Massenentlassung aufgelöst und ständig mehr Arbeitsplatze geschaffen. Und mit teureren Umweltgütern wurden Energieeinsparung, Umweltschutz und pfleglicher Umgang mit natürlichen Ressourcen zu lohnenden Marktfeldern, sodass noch mehr Arbeitsplätze entstehen konnten. Gleichzeitig sparte der Staat die hohen Ausgaben für nachsorgenden Umwelt- und Gesundheitsschutz, für Arbeitslose und Sozialhilfeempfänger. Auch das kam wiederum der wirtschaftlichen und gesellschaftlichen Entwicklung zugute.

Die damit verbundenen Einsparungen einerseits und Mehreinnahmen andererseits waren so groß, dass der Staatssäckel nach einigen Jahren wieder gut gefüllt war und die Politik darüber nachsann, welche neuen Wohltaten sie damit anrichten sollten. Doch hier schoben die Menschen einen energischen Riegel vor: „Wir wollen solidarische Ökonomologie. Die Verzahnung von Ökonomie und Ökologie miteinander."

Das ist Eigenverantwortung und Solidarität der Menschen untereinander und mit ihrer Umwelt.
Das ist eine gleichmäßige solidarische Belastung aller Produktionsfaktoren - Boden und Umwelt, Arbeit und Kapital - mit den Kosten für die Gemeinschaft.

Weniger Politik ist mehr.

Wir wollen keine Politik, die alles für uns regelt, was wir selbst besser tun können. Wir wollen keine Politik, die Subventionsshopping unterstützt. Wir wollen Eigenverantwortung. Und da, wo Engpasse bestehen und Not herrscht, wollen wir erfinderisch sein, denn Knappheitsverhältnisse signalisieren immer gute Zukunftsmärkte und lohnende Preise. Wir wollen nicht mehr, sondern weniger Geld in staatlichen Händen. Von unseren Politikern wollen wir eigentlich nur dreierlei:

Eine deutliche Senkung und Vereinfachung der Steuertarife, die insbesondere auch den Unternehmern und Arbeitnehmern im unteren und mittleren Bereich mehr Geld in den eigenen Taschen belassen.
Eine drastische Senkung der Sozial- und damit zugleich der Lohnzusatzkosten durch massive Einsparungen und Umfinanzierung.
Einen deutlichen Abbau der Bürokratie und jegliche Stärkung der Eigenverantwortung.

„Wenn Ihr das realisiert, könnt Ihr getrost alles andere uns selbst überlassen", erklärten die Menschen in der freien Stadt ihren Politikern. Und die Politik folgte ihnen. Denn diesen Fortschritt konnte kein Politiker der Welt mehr aufhalten. Und wenn es jemand versuchen sollte, so würde die Evolution von unten ihre politischen Führer schnell entlassen.
Bei aller Eigeninitiative und Verantwortung wussten die Menschen der freien Stadt genau, dass sie eine kluge, weitsichtige Führung brauchten, in Politik, Gesellschaft und ebenso in Unternehmen. So bildeten sie zahlreiche Arbeitskreise in ihrer Stadt, die sich mit den wichtigen Fragen der Führung befassten.

Führung für morgen

Die Menschen in der freien Stadt baten den Fremden über seine Erfahrungen zu Führung zu berichten. Dies tat der Fremde gern und vermittelte in vielen Diskussionsrunden, Besichtigungen und Präsentationen seine Sichtweisen.

Leben bedeutet Bewegung und Veränderung. Wo in der Natur etwas still steht, aufhört zu wachsen, da beginnt das Sterben. Wechsel und Veränderungen sind keine mühevolle Plage, sondern etwas Wunderbares. Es gibt etwas zu entdecken. Neuland tut sich auf und wartet auf die Bestellung. Es gilt zu formen und zu gestalten. Und jeweils am Beginn einer neuen Epoche - wie gerade jetzt - sind die Veränderungen besonders turbulent und damit die Gestaltungsmöglichkeiten besonders groß.

Dem Fremden erschien es kein Zufall, dass in den vergangenen Jahren europaweit die Unternehmen mit mehr als zweihundert Mitarbeitern sehr stark Arbeitsplätze verloren hatten. Dieser Verlust wurde deutlich überkompensiert durch das Wachstum der Arbeitsplätze in den kleineren und mittleren Unternehmen. Die Zukunft gehört also den kleineren Einheiten.

Aus den Beratungen mit dem Fremden erkannten die Menschen, dass starker Wandel und unaufhörliche Turbulenzen ihre Welt in Unordnung brachten. Die Veränderungen sind so dynamisch, die Zahl der Signale so riesengroß und die Informationsfülle so massiv, dass die Führungszentralen damit vollständig überfordert sind. Es müssen nun alle Köpfe in die Informationsgewinnung und -verarbeitung, in die Gestaltung der Veränderungsprozesse einbezogen werden. Dies alles erfordert Teilhabe und Mitwirkung, erfordert eine neue, kraftvolle Führung ohne Führung im Sinne von Anordnung und Befehl.

In vielen Gesprächen und Diskussionen bestätigte der Fremde sie gern: Gefragt ist nicht eine neue Führungstechnik, sondern eine neue Kunst der Führung. Wir sind es gewohnt, linear in strengen kausalen Ursache-Wirkungsbeziehungen zu denken. Abweichungen davon werden als Fehler oder Zufall angesehen. Dieses lineare Denken funktioniert nicht mehr. Wir erkennen, dass Fehler produktiv sind und es Zufälle nicht gibt. Wir erleben bekannte Ursachen und daraus plötzlich Wirkungen, an die kein Mensch je zuvor gedacht hat.

Die Entwicklungen sind immer weniger planbar und zentral steuerbar. In allen Lebensbereichen geht die Rationalität verloren.

Die Faktenrationalität nimmt ab. Gefühle erhalten wieder eine größere Bedeutung. Nicht rationale Beweisbarkeit oder wissenschaftliche Gutachten allein bestimmen beispielsweise, ob es ein Umweltproblem gibt, sondern auch das subjektive Gefühl, die Belastungen nicht mehr ertragen zu können. Die betriebsinternen Daten reichen immer weniger aus. Erforderlich für den betriebswirtschaftlichen Erfolg wird zunehmend eine Umfeld-Orientierung. Auch darum müssen alle Köpfe einbezogen und intensive Formen der Mitarbeiterbeteiligung entwickelt werden.

Die Strategierationalität nimmt ab. Entwicklungen lassen sich immer weniger im Voraus kalkulieren und planen. Es genügt nicht mehr, einmal Pläne zu erstellen und diese dann zu realisieren. Bereits zum Zeitpunkt der Planfertigstellung haben die hektischen Veränderungen zu einer anderen Wirklichkeit und zu einer Planüberholung geführt. Erforderlich sind nun schnelles, situatives Handeln, große Anpassungsfähigkeiten und eher planlose Führung, im herkömmlichen Sinne - also eine Steuerung ins Ungewisse.

Die Kaderrationalität nimmt ab. Die Menschen gehorchen immer weniger Befehlen und Anordnungen. Sie gehen ihre eigenen Wege, gehen innerlich fort. Selbst Schießbefehle und Mauer haben die Menschen in der ehemaligen DDR nicht aufhalten können. Gefordert ist nun eine partnerschaftliche Führung, die höchste Motivation der Mitarbeiter und ebenso umgekehrt der Chefs durch die Mitarbeiter.

Gleichzeitig werden in dieser Welt der Unordnung und des Durcheinanders feste Orientierungen gesucht. Gerade wenn alles in Bewegung ist, sich laufend verändert, suchen die Menschen das Treppengeländer, den sicheren Halt. Unsere zentralen Institutionen wie Kirche, Politik, Verbände oder Gewerkschaften können diese Orientierung nicht mehr bieten. Wir werden sie in den Vorbildern der neuen Elite, in deren verantwortungsbewusstem und direkt erfahrbarem Leben finden.

Gemäß unserem bisherigen Verständnis erscheint uns die neue Epoche als eine Welt des Chaos. Doch es gibt zwei Formen des Chaos'. Einmal die Unordnung, das

Undurchschaubare. Dann auch das produktive Chaos als Prinzip höherer Ordnungsstufe.

Das produktive Chaos verläuft nicht planmäßig, ist nicht steuerbar. Entzieht sich dem linearen Denken der Macher. Es vollzieht sich eher in Formen der Selbstorganisation, wobei Fehler produktive Steuerungsfunktionen übernehmen. Auch die Natur arbeitet nach dem Prinzip von Versuch und Irrtum. In der Fülle der Versuche mit unterschiedlichen Lösungen gibt es Misserfolge und Erfolge. Der Misserfolg wird praktisch zum untrennbaren Bestandteil des Erfolges.

Alle Informationen zur dezentralen bis hin zur individuellen Steuerung der Prozesse sind vorhanden - auch wenn wir sie heute als solche vielfach nicht erkennen können. Schwache Signale haben vielfach die größte Wirkung. Das spontane, ehrlich gemeinte Lob für eine gute Leistung bewirkt mehr als die Nennung in einer Festschrift ein Jahr später. Die Vision dessen, was gemeinsam erreicht werden kann, mobilisiert größere Kräfte als Anordnungen, Druck oder Befehl.

Führung und Steuerung verstehen sich in der neuen Epoche als Prozessorganisation, wobei eher wenige Signale für den Erfolg entscheidend sind. Auf der Basis klar abgesprochener Ziele werden vielfältige eigenständige Wege eröffnet werden müssen. Spielräume müssen geschaffen und das Wachstum in den Menschen gefördert werden.

Als Beispiel forderte sie der Fremde auf: „Erinnert euch an die Erdölkrisen 1972 und 1978. Die Preise sprangen plötzlich sprunghaft in die Höhe. Ein einziges klares, unübersehbares Signal. Plötzlich war Energiesparen möglich - ohne Gesetz. Selbst ein Fahrverbot am Sonntag wurde sofort akzeptiert. Mit der weiteren Steigerung der Einkommen verloren die Energiepreise an Bedeutung. Die relative Belastung der Haushalts-Einkommen mit Energieausgaben sank unterhalb der Fühlbarkeitsschwelle. Und nun diskutieren wir seit Jahren über die richtigen Energiepreise, kommen so nicht zum Handeln und Energiesparen bleibt weitgehend auf der Strecke".

Aus den Schilderungen des Fremden, seinen Erfahrungen, aus den zehn in der Stadt aufgestellten Wegweisern und aus den turbulenten Veränderungen der neuen Epoche leiten die Menschen in der freien Stadt zusammenfassend Konsequenzen und Prinzipien ab, die sie als verbindliche Orientierung für Führungsaufgaben verstanden.

Abnehmende strategische Planbarkeit

Es wird immer weniger möglich sein, die wirtschaftliche Entwicklung zu planen und sich vorausschauend auf absehbare Entwicklungen einzustellen. Gefragt sind ein extrem starkes situatives Handeln, hohe Flexibilität und jegliche Vergrößerung des kreativen und innovativen Potentials. Die strategische Planung verliert an Bedeutung. Das schnelle Einstellen auf aktuelle Entwicklungen und die Vorbereitung darauf durch ein innovatives handlungsfreudiges Klima werden entscheidend.

Zunehmende Umfeld Orientierung

Wenn es immer weniger darum geht, feststehende Pläne auszuführen und schnell und flexibel zu handeln, dann wird die Führung sich immer weniger an betriebsinternen Daten orientieren können und immer stärker das gesamte Umfeld beobachten und in Entscheidungen einbeziehen müssen. Damit sind jedoch einzelne Personen und Führungszentralen überfordert. Es wird also darauf ankommen, möglichst viele Köpfe in die Informationsgewinnung und -verarbeitung einzubeziehen. Jeder Mitarbeiter muss zugleich zum Botschafter und Kundschafter des Betriebes werden und die Problemlösungskapazitäten deutlich vergrößern.

Kunst der Führung

Der aktive und intensive Einbezug der Mitarbeiter erscheint vielen Führungskräften als Bedrohung und Verlust ihrer Macht. Eigentlich sollten sie doch allein wissen, wohin es geht, und das Heft fest in der Hand halten. Nun sollen sie umdenken und dafür sorgen, dass andere etwas wissen und selbständig handeln können. Der notwendige Einbezug möglichst vieler Köpfe in das Management der Welt von morgen verlangt eine Führungskraft, die kraftvoll führt ohne zu führen im Sinne von Befehl und Anordnung. Gefragt ist ein Chancenmanager und Entwicklungshelfer, der das Wachstum in den Mitarbeitern fördert und damit selbst mit seinem Unternehmen wächst. Diese neue Führungskraft muss auf den Glauben an die Berechenbarkeit verzichten und selbst so komplex werden, damit Komplexität aufhört, auf uns chaotisch zu wirken. Dieses Lernen sowie die Führungskraft als vorbildlicher Unternehmer und zugleich als Lernender schaffen neue, wirkungsvolle Formen der Steuerung.

Gewinnung neuer Energien

Da die herkömmlichen Produktivitätsreserven begrenzt sind, muss es darum gehen, neue Energieformen für die Betriebe zu gewinnen. Diese liegen insbesondere in allen Investitionen in das Humankapital, nämlich in Bildung sowie Motivation und Arbeitsfreude der Mitarbeiter. Gefragt ist weniger eine neue Technik, wohl aber eine neue Kunst des Managements, die den Betrieb zu einer verschworenen Gemeinschaft macht und soziale und persönliche Energie durch Freude, Liebe, Geist weckt und für das Unternehmen sinnvoll nutzt. Diese neuen, bislang kaum erschlossenen Energiequellen gilt es auszuschöpfen.

Entwicklung als lernendes System

Unternehmen wie andere Gemeinschaften werden zu einem lernenden System. Schlüsselqualifikationen wie Kooperations- und Kommunikationsfähigkeit, Lernbereitschaft, Innovationsfreude gewinnen zentrale Bedeutung. Frauen werden in diesen lernenden Systemen eine zunehmend wichtige Rolle spielen. Keineswegs vordergründig deshalb, weil bei abnehmender Zahl der Arbeitskräfte ihre Mithilfe gebraucht wird, sondern weil sie viel selbstverständlicher und natürlicher mit diesen personal-sozialen Führungseigenschaften umgehen und Schlüsselstellungen in den Unternehmen einnehmen können. Außerdem werden die Lebensarbeitszeiten über das siebzigste Lebensjahres hinaus mit fließenden Übergängen in den Ruhestand verlängert. Der Anteil der älteren Menschen in Gesellschaft und Unternehmen nimmt stark zu und entscheidend wird, die Erfahrungen der Älteren mit dem Pioniergeist der Jüngeren harmonisch zu verbinden. Zum Lernen gehört aber auch das entsprechende Maß des Entlernens, die alten eingeprägten Muster zu vergessen und Platz und Offenheit für das Neue zu machen. Entlernen wird zur Voraussetzung des Lernens.

Kostensenkung und Zukunftsinvestitionen

Die Erhaltung der Wettbewerbsfähigkeit auf den Märkten von morgen verlangt weitere Rationalisierungen und Kostensenkungen sowie insbesondere neue Produkte. Diese Wege, die bislang in erster Linie beschritten wurden, bestimmen jedoch nur zu rund zwanzig Prozent die Wettbewerbsfähigkeit. Weitaus größere Reserven und Möglichkeiten liegen im Humankapital, in der materiellen und immateriellen Mitarbeiterbeteiligung, in der Aus- und Fortbildung, in der Sinngebung. Diese Wege werden zur alles entscheidenden Voraussetzung für lohnende Investitionen in neue Produkte sowie in eine bessere Orientierung.

Senkung der Sozialkosten

Das wirtschaftliche und gesellschaftliche System erzeugt ständig hohe und wachsende Sozialkosten. Die gesamte Politik, die Tarifpartner, aber auch das einzelne Unternehmen werden ihre Führung und Entscheidung auf eine Senkung der Sozialkosten ausrichten müssen. Auch das gehört zur Kostensenkung, zur Erweckung betrieblicher Sozialenergie und zur Gewinnung von Fachkräften: Gesundheitsschutz am Arbeitsplatz, produktive, interessierte Mitarbeiter bis ins hohe Alter gesund zu erhalten, neue Formen der humanen Arbeitsgestaltung zu verwirklichen.

Qualitätsgarantie

Deutschland wird ein Land mit den höchsten Arbeitskosten bleiben. Betroffen ist davon insbesondere das arbeitsintensive Handwerk, das deshalb bei Billigprodukten und -leistungen kaum konkurrieren kann. Der entscheidende Wettbewerbsvorteil liegt in Schnelligkeit und Qualität. Die Sicherung der Qualität, die wiederum auch bereite und innovative Mitarbeiter erfordert, wird zum zentralen Anliegen. Hier sind auch die Organisationen verstärkt gefordert, um die Qualitätssicherung zu fördern und durch Gütegemeinschaften nachweisbare Qualität zu garantieren. Qualitätsgarantie bedeutet letztlich ganz einfach, hundertprozentig den Erwartungen der Kunden zu entsprechen. Und nur der Kunde allein entscheidet über seine Erwartungen und damit über die gewollte Qualität. Ein Unternehmen mag noch so sehr überzeugt sein, ein Qualitätsprodukt zu liefern. Wenn die Kunden damit nicht einverstanden sind, hat das Unternehmen bald ein Warenlager voller so genannter Qualitätsprodukte.

Erweiterung der Produkte und Dienstleistungen

Gemessen an dem gesamten Arbeitsprozess wird die eigentliche handwerkliche Arbeit relativ an Bedeutung verlieren. Diesbezüglich werden ganz einfach hohe Qualität und meisterhaftes Können von allen Kunden vorausgesetzt. Nachgefragt werden verstärkt zusätzliche, an die handwerkliche Arbeit im engeren Sinne gebundene Leistungen wie beispielsweise Beratungen, Dienstleistungen, spezielle Kundenbetreuung, Gegengeschäfte, Garantieleistungen, Finanzierung, Markenname usw. Der Kern eines Produktes wird also stark anwachsen zu einer Gesamtlösung des Problems des Kunden. Konkurrenzvorteile liegen in der Attraktivität dieses Gesamtangebotes für den Kunden sowie in der Differenzierung, mit dem sich die Problemlösung von der der Mitbewerber unterscheidet.

Geldwerte Vorteile durch Stabsfunktionen

Großunternehmen haben zur Bewältigung all dieser Aufgaben Stabsabteilungen, die entsprechende Lösungen herbeiführen. Im kleineren Unternehmen ist damit der Inhaber weitgehend allein auf sich gestellt. Er kann sich schon von der Betriebsgröße her eigene Stabsabteilungen nicht leisten. Die Kammern und Verbände müssen ihren Mitgliedern in zunehmendem Maße diese Stabsfunktionen nach marktwirtschaftlichen Prinzipien anbieten und damit geldwerte Vorteile geben. Durch die Kombination „Selbständigkeit des Betriebes" und „Zukauf von Stabsleistungen bei den Förderorganisationen" werden die mittelständischen Unternehmen ihre volle Flexibilität und Innovationskraft ausspielen und gleichzeitig auch alle Vorteile wie Großunternehmen nutzen können.

Politik im Wandel

Politik in der freien Stadt hatte dem ganzen Treiben zunächst eher nur zugesehen. Sie dachten: ‚Na gut, wenn der Fremde sich hier unbeliebt macht, soll er es doch tun.'

Aber dann bekamen sie Sorgen, als sie feststellten, dass die Menschen selbst handelten und sie befürchteten: 'Vielleicht brauchen die Menschen uns gar nicht mehr? Sie werden plötzlich so selbstständig und warten gar nicht auf uns.'

So folgten auch schließlich Politiker den zehn Wegweisern, die in eine gute Zukunft führten. Selbstverständlich galt es, dabei viele große und kleine Hindernisse zu überwinden. Sehr viel Geröll und Schutt, Dickicht und verfilztes Gestrüpp hatten sich über Jahrzehnte in der freien Stadt angesammelt. Doch die Menschen folgten unbeirrt ihren Wegweisern, denn sie wurden angetrieben von ihrer lohnenden Vision. Diese Sehnsucht verlieh ihnen schier übernatürliche Kräfte.

Die Konsequenzen für die Wahrnehmung von Führungsaufgaben in der freien Stadt wurden in einer großen Tageszeitung veröffentlicht, immer wieder kommentiert und an vielen Beispielen aus dem täglichen Leben beschrieben. Und da alles, was in der Zeitung steht, für Politiker sehr, sehr wichtig ist, lud der Bürgermeister der freien Stadt den Fremden ins Rathaus zu einem Senats-Frühstück ein. Der Fremde war erstaunt, dass ein Senats-Frühstück in dieser wunderbaren Stadt aus einem dreigängigen Menü bestand. Das war das Understatement der freien Stadt, das sie einst erfolgreich gemacht hatte.

Der Bürgermeister wollte gern wissen, was der Fremde mit all dem bezwecken würde. Die Sichtweisen des Fremden seien allzu einfach, wenn nicht gar simpel. Politik, besonders in der freien Stadt, sei aber viel, viel komplizierter.

Der Fremde lächelte: „Gewiss, es ist einfach und vielleicht gerade deshalb so schwer. Aber die Wahrheit ist immer einfach, wenn auch häufig unbequem. Und hat nicht schon Einstein gesagt: Das wirklich Geniale ist immer einfach."

Der Bürgermeister fragte dann den Fremden: „Sagen sie mal, mit welchen Tricks arbeiten Sie eigentlich? Welche Taktik wenden Sie an, dass die Menschen diese Wege gegangen sind?"

„Tricks?", fragte der Fremde erstaunt, „Taktik? Es ist heute am besten, gar keine Taktik zu haben."

Der Bürgermeister glaubte ihm nicht. „Sie müssen es doch mit irgendwelchen Kniffen gemacht haben! Was haben sie den Menschen versprochen? Haben sie viele bestochen? Was steckt dahinter?"

Der Fremde antwortete: „Ich habe nur Sehnsüchte geweckt."

Der Bürgermeister vermochte dem nicht zu folgen: „Sehnsüchte wecken? Das kann doch keine Politik sein. Das habe ich noch in keinem Parteiprogramm gelesen. Los, rücken sie mit der Wahrheit heraus und verraten mir ihre Tricks."

„Herr Bürgermeister, ich möchte Ihnen eine kleine Geschichte als Gleichnis erzählen", denn der Fremde liebte Gleichnisse.

Er erzählte die Geschichte von einem Königreich, das über seine Verhältnisse gelebt hatte. Die Regierung war verschwenderisch und hatte alles Geld ausgegeben. Daraufhin rief der König alle weisen und klugen Leute des Landes zusammen, die Professoren, Gelehrten, die Reichen und Adeligen. Sie trafen sich im großen Saal des Schlosses. Und als sie dort versammelt waren, sprach der König zu ihnen: „Unsere Regierung hat über ihre Verhältnisse gelebt. Sie hat alles Geld verbraucht. Nur hier in dieser mächtigen Truhe", die er ihnen zeigte, „ist unser Schatz, unsere eiserne Reserve. Davon können wir jetzt leben. Wir müssen die Truhe öffnen. Nur wir haben den Schlüssel verloren. Wer von euch kann diese Truhe öffnen?"

Daraufhin begaben sich die Gelehrten, die Weisen, die Adeligen und gewieften Konzernlenker zu dieser Truhe, besahen die mächtigen Schlösser, rüttelten am Deckel, vermaßen die Truhe. Einer wie der andere trat zurück und sagte: „Majestät, es tut uns leid, eine so große Truhe mit so gewaltigen Schlössern haben wir noch nie gesehen. Diese Truhe kann nie und nimmer geöffnet werden. Sie bleibt für alle Zeiten verschlossen. Der Schatz ist verloren."

Ganz hinten im Saal befand sich ein Handwerksmeister. Er war nicht eingeladen. Er hatte in dem Schloss Reparaturarbeiten zu erledigen und war neugierig stehen geblieben, hatte zugehört. Nun trat er etwas näher und der König sprach zu ihm: „Bitte versuchen Sie es doch einmal."

Auch der Handwerksmeister ging um die Truhe herum, besah sie von allen Seiten, dann ergriff er beherzt mit beiden Händen den Deckel der Truhe und riss ihn mit einem Ruck hoch.

Die Truhe war gar nicht verschlossen!

Daraufhin machte der kluge König den Handwerksmeister zum Regierungschef. Von da an blühte und wuchs das Land. Es herrschte Gerechtigkeit, und das Gemeinwohl wurde ständig vergrößert.

Mit dem Ende dieser Geschichte erhob sich der Fremde, verabschiedete sich höflich vom Bürgermeister, verließ das Rathaus und verließ die Stadt.

Nach diesem Tag war der Fremde nie wieder in der freien Stadt gesehen worden. Keiner wusste, wohin er gegangen war, was aus ihm geworden ist.

Es ist nicht überliefert, ob der Bürgermeister einen Handwerksmeister in seinen Senat berief.

Überliefert ist aber, dass die Menschen der freien Stadt ihre eigenen Stärken entdeckten, ihre Verantwortung hoch ansiedelten und weitreichende Visionen entwickelten, aus denen sie die Kräfte bezogen, ihre selbst bestimmten Wege mutig zu beschreiten, die Wüste zu durchqueren und ihr ureigenes gelobtes Land zu verwirklichen.

Überliefert ist auch, dass die freie Stadt zur erfolgreichsten Region des Landes wurde. Jährlich besuchten tausende Menschen die freie Stadt, um hier zu studieren und zu lernen, wie aus Problemen Chancen entstehen und wie eigenverantwortliches Denken und mutiges Handeln der Menschen eine gute Zukunft für alle schafft.

Von Jürgen Hogeforster sind weitere Erzählungen und Romane erschien

Das Leben danach
oder
Der Stein der Veränderung

Nach den Terroranschlägen am 11. September 2001 gerät das Vorstandsmitglied einer großen deutschen Bank in eine Demonstration. Eine junge Frau drückt ihm einen Stein in die Hand und fordert ihn auf: „Wenn du ohne Schuld bist, dann werfe diesen Stein."
Nachdem diese Szene im Fernsehen ausgestrahlt wird, überschlagen sich die Ereignisse. Bereits wenige Tage später findet sich der Banker in Thailand wieder. Und hier holt ihn seine Schuld ein.

Einige Jahre verbringt er bei einem Mönch in einer einsamen Felsenhöhle, bis er schließlich den Traum seiner Kindheit wieder findet: Er hat gelebt, denn er hat einmal selbstlos geliebt.

Der Club der runden Gesichter

wurde von der kleinen Elisabeth gegründet, die mit sehendem Herzen durch die Welt geht. Die Lehren aus zweiundzwanzig Begegnungen bezeichnet sie als ihr Saatgut. Sie beschreitet den Weg der geistigen Meisterschaft und findet Erfüllung.

Die Ringe des Lebens

werden etwa zeitgleich von einem jungen Mann entdeckt, der das Leben studiert. Auf seinem verantwortungsvollen Weg erreicht er wahre Freiheit und harmonisches glücklich Sein.

Die Geistlosigkeit der Medien

führen beide fünfunddreißig Jahre später zusammen. Sie geraten in die erbarmungslose Maschinerie der Medien, werden von der schweigenden Mehrheit gehetzt. Der Treibjagd können sie nur ihre Werthaltungen, die sie seit ihrer Jugend erworben haben, entgegensetzen. Für sie gibt es keine Alternative; nur Eines wird nicht verziehen.

Langsam schneller sein
Auf dem Pfad der Liebe

Der Politiker Gerhard Potter ist rastlos tätig. Nie gönnt er sich Zeit zur Muße, bis er auf einer Reise nach Nepal einen Mönch trifft, der ihn zum Verweilen im Kloster einlädt. Hier, in der Abgeschiedenheit, herausgelöst aus den selbstauferlegten Zwängen, erzählt der Politiker die zum Teil phantastisch anmutenden Geschichten von zwölf Menschen, die einen eigenständigen Weg gingen und irgendwie an ein geheimnisvolles, ihm nicht zugänglichen Wissen angeschlossen schienen.

Der Mönch deutet ihm jede dieser Begegnungen als Pfade, die zu einem erfüllten Leben führen, und lehrt ihn den Pfad, in dem alle anderen gipfeln und der den Menschen zu den höchsten Zielen führt: den Pfad der Liebe. Auch erfährt Potter am Ende, dass die Kraft in der Ruhe liegt und der Mensch mit der Klarheit des Geistes in vielen Situationen langsam schneller zum Ziel kommt. So erschließt sich ihm der tiefere Sinn des nepalesischen Sprichwortes „Wir haben keine Zeit, es eilig zu haben".

Dieses Buch eröffnet dem Leser eine Vielfalt von erstaunlichen und beglückenden Erkenntnissen über einen Wertewandel, der das private und öffentliche Leben auf eine neue Grundlage stellt.

Spiel des Lebens
Adler, Narr und Schmetterling

Ein betagter Mann bittet seine zwei erwachsenen Kinder ihn die noch verbleibenden drei Tage bis zu seinem Tod zu begleiten. Den entsetzten Kindern bleibt keine Wahl, diesem letzten Willen in einem abgeschiedenen Berg Tal zu entsprechen.

Der Vater schildert ihnen seinen Lebensweg, der immer wieder neue abenteuerliche Richtungen einschlägt. Beginnend mit der Geburt auf einer einsamen Insel und einem Studium des Lebens in verschiedenen Erdteilen, entführt der Vater seine Kinder auf eine merkwürdige Reise zu einem deutschen Arzt im Kaukasus, in die Schneewüsten Kanadas, in die Gluthitze der Sahara, zu einem teuflischen Betrug in Mittelamerika bis hin zu einer Kathedrale mit einem merkwürdigen Grab in Polen. Ein mysteriöser Adler begleitet diese Lebensreise und veranlasst den Vater zu der dringenden Bitte, seine Kinder sollen ihm helfen, auf dem Gipfel des Adlerfelsens mit seinem Tod den Übergang in einen anderen Zustand zu finden.

Die spannende Reise durch ein ereignisreiches Leben vermittelt den Kindern tiefgehende Erkenntnisse. Schließlich erfahren sie in dem Spiel eines Harlekins Geheimnis und Bedeutung von Adler, Narr und Schmetterling.

Wachstum ohne Grenzen

Der Mensch beutet die Natur aus, Energie und Rohstoffe werden immer knapper und teurer, Umweltbelastungen erreichen bedrohende Ausmaße. Wenn der Mensch von der Natur lernt, Umweltgüter nicht verbraucht, sondern gebraucht und alles wieder zurückführt, bestehen keine Grenzen.

Arbeitsteilung, die großes Wohlstandswachstum ermöglichte, hat ihre Grenzen erreicht. Die Folgen sind Ausgliederungen und hohe Arbeitslosigkeit sowie Verlust der Sinnfindung im Arbeitsleben, Unterdrückung immaterieller Werte und Anhäufung von Krankheiten. Durch Kooperation sind aber wieder ganzheitliche Arbeitsformen mit einem Wachstum ohne Grenzen möglich.

Weltweite Wirtschaftsrezessionen und Finanzkrisen werden als Betriebsunfälle abgetan. Dabei sind es unübersehbare Signale: Das vorherrschende System ist zum Wachstum verurteilt, kann aber Wachstum nicht mehr hervorbringen. Wo Wachstum aufhört beginnt der Tod.

Unter acht verschiedenen Blickpunkten werden nicht nur bestehende Grenzen dargestellt, sondern in erster Linie konkrete Strategien, Maßnahmen und praktische Beispiele für eine Erneuerung des wirtschaftlichen und gesellschaftlichen Systems mit einem Wachstum ohne Grenzen aufgezeigt.

Jakobs Wissen

In der St. Michaelis-Kirche in Hamburg wird ein Gottesdienst zum Epiphanias Tag gefeiert. Ein alter Mann namens Jakob hält eine recht seltsame Ansprache. Einige Monate später erzählt ein Fremder im Rahmen der Glaubenswoche einer Hamburger katholischen Kirchengemeinde ein mysteriöses Märchen: Was glauben Sie eigentlich? Was verbindet diese beiden kirchlichen Veranstaltungen miteinander?

Der Fremde muss erfahren, dass seine noch so schnelle Flucht vom Flug des Schmetterlings eingeholt wird und erst eine schicksalhafte Begegnung zu Jacobs sieben Wegen der Erkenntnis führt.

Sternenhöhlen

Ein Mann hat alles in seinem Leben erreicht, sodass er sich zufrieden zurücklehnen kann. Doch dann beginnt erst das wahre Abenteuer seines Lebens.

Zunächst begegnet er einer klugen Frau, die zielsicher die wunden Punkte seines Lebens trifft und jede weitere Zusammenkunft mit ihm ablehnt.

Dann schließt er im Hamburger Rathaus Freundschaft mit einem alten Mann, der ihn wach rüttelt und auffordert, sich täglich zu blamieren. Dieser Freund findet im Bayreuther Festspielhaus einen plötzlichen Tod und hinterlässt ihm den Schlüssel zur Tor der Freiheit, das er in einer Höhle in den Bergen Nordthailands finden soll.

Es beginnt eine abenteuerliche Reise. Der Mann findet das Tor der Freiheit und muss entdecken, dass alle mysteriösen Ereignisse eine tiefe Ursache haben.

Die Versuchung des Goldfuchs

Für Bankdirektor Rudolf Goldfuchs zählen nur die Margen zwischen Soll- und Habenzinsen und die Sicherheiten der Kreditnehmer. Sein rationales Denken gerät ins Wanken, nachdem eine Mitarbeiterin ihn mit Phänomen konfrontiert, die sich jeglicher Rationalität entziehen, gleichwohl Realität sind. Bereits kurz darauf beteiligt sich Goldfuchs an einem Hubschrauberflug, um mit einem homöopathischen Mittel die Algenpest in der Nordsee zu bekämpfen. Er erlebt weitere unerklärliche Ereignisse, so auch die erfolgreiche Bekämpfung des Baumsterbens mit Biomagneten.

Diese und weitere Erzählungen berichten von unerklärlichen Vorkommnissen, die rational zwar nicht zu erklären sind, von Wissenschaftlern als verschrobene Spinnerei bezeichnet werden, jedoch unumstößliche Tatsachen darstellen. Was der Leser als überschäumende Phantasie des Autors einstuft, kommt der Wirklichkeit am Nächsten. Was dagegen realistisch erscheint, hat es tatsächlich nie gegeben.

Die Erzählungen in diesem Sammelband entführen den Leser in eine andere Welt und zeigen auf, dass unsere Welt viel mehr ist, als das, was wir mit dem Verstand erfassen können und was rationale Wissenschaft erklären kann. Es wird deutlich, dass die Zukunft ungeahnte Möglichkeiten zur Überwindung aktueller Probleme bietet, an die heute Entscheider in Politik, Wirtschaft und Gesellschaft überhaupt nicht zu denken wagen.

Elf spannende Erzählungen, die belegen: Wir können heute gar nicht unorthodox und phantasiereich genug denken, um der Wirklichkeit von morgen am Nächsten zu kommen.

Herstellung und Verlag:
BoD - Books on Demand, Norderstedt
ISBN 978-3-7347-8849-9